LA CORDE

DU MÊME AUTEUR

Le Géant, Écriture, 2016.

STEFAN AUS DEM SIEPEN

LA CORDE

traduit de l'allemand
par Jean-Marie Argelès

ARCHIPOCHE

Ce livre a été publié sous le titre
Das Seil
par dtv, Munich, 2012.

Notre catalogue est consultable à l'adresse suivante :
www.archipoche.com

Éditions Archipoche
34, rue des Bourdonnais
75001 Paris

ISBN 978-2-35287-838-4

PREMIÈRE PARTIE

1

La découverte

Quand, fumant sa pipe, Bernhardt entreprit son petit tour du soir, les maisonnettes en bois du village, volets fermés, étaient déjà plongées dans l'obscurité; çà et là, au-dessus d'un toit de chaume, un filet de fumée montait paresseusement vers le ciel d'où un clair de lune d'un blanc jaunâtre avait chassé les étoiles. Les prés étaient vides, les paysans ayant enfermé les bêtes dans les étables pour les mettre à l'abri des loups. Seules des chauves-souris se bousculaient dans les airs et venaient troubler cette image de paix: voletant sans bruit, elles traçaient des figures dans la nuit, ombres rapides et chancelantes surgissant de l'obscurité pour disparaître à nouveau, toujours vacillantes, sans laisser au regard le temps de les saisir.

Bernhardt leva les yeux vers les champs, au-delà des prés, où les blés étaient déjà hauts. Dans quelques jours commencerait la moisson; il eut l'impression que les chaumes peinaient à rester droits sous le poids des épis et que la moindre charge supplémentaire suffirait à les coucher au sol. Un souffle, si léger qu'on ne le sentait et ne l'entendait que fugitivement, caressait les lourdes têtes qui, privées de leur or par la lune, ne montraient qu'un gris âpre et sans vie. Il se souvint de s'être arrêté un jour, petit garçon, devant ce champ, avec son père.

— Les blés sont comme le bonheur, avait dit celui-ci. Quand le bonheur devient trop grand, le malheur n'est jamais loin.

Cela avait étonné Bernhardt qui n'avait jamais entendu son père – ou qui que ce soit dans le village – tenir le moindre propos dépassant l'évidence élémentaire. Aussi cette phrase s'était-elle gravée en lui, émergeant de ses souvenirs comme une bizarrerie imposant le respect. Depuis lors, jamais il n'avait contemplé des champs à la veille d'être moissonnés sans murmurer à voix basse ces mots de « malheur », « bonheur » et « blés », amorce d'une réflexion philosophique qui, bien sûr, à peine commencée, refluait aussitôt.

Bernhardt longea la forêt d'un noir bleuté qui décrivait un large cercle autour de la vingtaine de maisons, des champs et des prés. Dans les ténèbres, il lui semblait souvent que les arbres s'approchaient un peu des habitations, comme pour resserrer leur emprise et, profitant de la nuit, reprendre possession d'un morceau de la terre que les ancêtres des villageois, à coups de hache, avaient arrachée à la nature sauvage. Les forêts, dans cette région, étaient encore quasi primitives, aussi inaccessibles qu'elles l'étaient des millénaires plus tôt; on pouvait y marcher des journées entières sans y rencontrer trace humaine. Seuls quelques rares hameaux y étaient dispersés, semblables à des îlots perdus dans une mer immense.

Bernhardt aperçut, dans la prairie bordée par la forêt de sapins, quelque chose qui lui fit marquer le pas: une ligne sombre ondulant dans l'herbe, peu visible dans le clair de lune, pareille à un serpent – qu'est-ce que cela pouvait bien être? Un peu plus lentement, les sourcils froncés, il avança dans cette direction. Il y avait une corde par terre – voilà tout. Un des paysans devait l'avoir oubliée là, ou peut-être des enfants en jouant. Plus déçu que curieux, il se pencha pour la voir de plus près et, dans sa surprise, ôta sa pipe de sa bouche, en poussant un petit sifflement: pas n'importe quoi, sacredieu! Cordée serrée! Et grosse comme le pouce! Personne, dans le village, ne possédait une corde pareille, c'était sûr – mais à qui pouvait-elle bien appartenir?

Les ombres grises papillonnant toujours autour de lui, il poursuivit son chemin, songeant à cette corde, non qu'il fût troublé mais parce qu'il n'y avait rien d'autre à quoi il pût songer. Il entendit, non loin, un grincement qui, brisant le silence, le tira de ses pensées. Le rectangle d'une fenêtre, d'un jaune lumineux dans l'obscurité, se dessinait dans le mur d'une des maisons les plus proches de la forêt ; Raimund, le maître des lieux, fermait les volets de l'intérieur.

— Bonsoir, lui lança Bernhardt, étonné de la force avec laquelle sa voix résonna dans la nuit – on avait dû, dans de nombreuses maisons, voire dans tout le village, l'entendre aussi nettement que s'il avait crié.

— Salut, Bernhardt. Encore dehors, si tard ?

Ses épaules masquant la plus grande partie de la fenêtre, Raimund était immobile dans le cadre de lumière. Bernhardt n'avait devant les yeux qu'une surface noire, silhouette suspendue devant le mur de la maison.

— Je me promène, comme tous les jours.

— Ah bon ? Je t'ai vu à l'instant, là-bas, près de la forêt. Tu t'es baissé pour examiner quelque chose. C'était quoi ?

Il parlait d'une voix un peu ensommeillée, mais inquisitrice aussi, comme si, suspicieux, il demandait des comptes à Bernhardt. De sa bouche invisible s'échappait l'odeur de la bière noire que les paysans brassaient à domicile, se mêlant à celle de la prairie humide de rosée.

— J'ai trouvé une corde.

— Une corde ?

— Oui, là-bas derrière, dans l'herbe. Elle est assez grosse, tu verras, c'est étonnant. Il n'y a personne, chez nous, qui possède une corde comme ça.

— Diable ! Et c'est pour ça que tu traînes par ici, juste pour ça ?

Raimund semblait mécontent que Bernhardt n'eût rien de plus à lui dire, qu'il l'empêchât de fermer ses volets, tâche ô combien importante, pour une bagatelle aussi ridicule et sans intérêt que celle-ci. Plus un mot ne fut prononcé – les bras de Raimund surgirent brusquement de la fenêtre, puis ses grosses pattes couvertes de poil blond agrippèrent à droite et à gauche les volets qui se refermèrent, en craquant et grinçant.

Bernhardt décida de rentrer chez lui. Quand il franchit la porte, la pièce était vide. L'odeur du dîner, chaude et aigrelette, flottait encore, et la lampe à copeaux résineux brillait sous le plafond, calme et patiente comme dans l'attente d'on ne sait quoi. Agnès, sa femme, devait déjà être dans la chambre. Effectivement, derrière la porte en bois, il entendit les planches grincer sous son pas. Il y eut un autre bruit, un léger gloussement, qu'il devina plus qu'il ne l'entendit, à côté de la porte, émanant d'une niche cachée par un rideau de toile blanche. Bernhardt eut un sourire tendre, comme égaré sur son visage anguleux et carré, trop inhabituel pour ne pas devoir disparaître dans l'instant.

— É-li-sa-beth... É-li-sa-beth..., murmura-t-il tout bas afin de ne pas troubler le sommeil de l'enfant, mais assez distinctement pour éprouver du plaisir à entendre sonner les syllabes.

Repoussant lentement le rideau, il se pencha sur le berceau : le brun des cheveux d'Élisabeth, qui, à la grande joie de ses parents, avaient poussé vigoureusement ces dernières semaines, tranchait sur le blanc de l'oreiller ; de la salive s'était joliment blottie à la commissure de ses lèvres. Bernhardt sortit son mouchoir de sa poche et tamponna avec précaution l'écume sans couleur. Ce petit geste le rendit plus heureux encore, car toujours il fallait qu'il *fasse quelque chose*, si peu que ce fût, toujours il lui fallait œuvrer à son propre bonheur afin de pouvoir en profiter pleinement ; s'il s'était contenté de contempler le visage endormi, une inquiétude se serait aussitôt éveillée en lui – une peur sournoise, inexplicable, qui surgissait sans cesse, parfois dans les moments de plus grand bonheur, la crainte que la vie douce et paisible qu'il menait avec les siens pût ne pas durer.

2

La corde est longue

Au petit jour, Bernhardt s'habilla. Il était dans sa nature de s'éveiller de bonne heure et, ce jour-là, il s'était levé plus tôt qu'à l'ordinaire, car l'approche de la moisson le rendait nerveux. Tout en boutonnant son pourpoint, il jeta un œil par la fenêtre, dans la direction de la corde. Surpris, il se figea : dans la lumière pâle de l'aube, des silhouettes sombres se détachaient de l'arrière-plan de la forêt, six ou sept hommes peut-être, quasiment la moitié du village ; que faisaient-ils là-bas, si tôt ?

Quand Bernhardt sortit, il sentit sur son visage un souffle frais, presque froid, qui le déconcerta. D'épaisses traînées nuageuses, étonnantes en ce mois de moisson, couraient dans le ciel, intempestives messagères de l'automne elles aussi. Il lui sembla que même les arbres avaient perdu leur vert intense durant la nuit, comme si leurs feuilles s'étaient teintées d'une touche de jaune, signe de trop grande maturité, de faiblesse – ah, mais non, ce n'était pas possible ; c'était la lumière de l'aube qui altérait les couleurs.

Avec, sur le visage, l'expression renfrognée des tôt levés, les paysans faisaient cercle autour de la corde.

— Salut, dit Bernhardt en s'approchant. J'ai déjà vu cette corde hier soir. Vous savez à qui elle appartient ?

Personne ne lui répondit, tous regardaient droit devant eux, vers le sol ou dans le vide ; un seul murmura des mots incompréhensibles, mais qui n'avaient rien d'amical. Bernhardt put enfin voir la corde distinctement. Elle s'étirait sur sept ou huit pas dans la prairie, jusqu'à la lisière de la forêt où elle disparaissait entre les troncs, dans les fourrés. Se penchant, il la considéra d'un œil de connaisseur, un œil de paysan, puis il promena le bout de ses doigts tout du long. Soudain, sans plus réfléchir, il l'enroula autour de sa main, recula d'un pas et se mit à tirer vigoureusement. La corde se souleva de l'herbe, dessinant en l'air une ligne oblique jusqu'à la forêt, vibra et oscilla sans céder – elle devait être attachée quelque part dans le sous-bois.

Bernhardt regarda les autres d'un air qui se voulait gai et enjoué.

— Peut-être que les enfants ont voulu nous faire une farce ? dit-il. Ma foi, ils n'ont pas manqué leur coup. Huit hommes qui n'ont rien de mieux à faire que contempler une corde au petit matin !

Les mains enfouies dans les poches, les paysans se taisaient toujours. Bernhardt eut un geste d'irritation et de refus, puis se dirigea vers les arbres. Baissant la tête, il écarta une branche avant de se glisser entre les troncs. L'obscurité l'enveloppa car la lumière du soleil qui commençait juste à fureter au sommet des cimes ne pénétrait pas encore si profondément. La corde s'étirait, aussi loin qu'il pouvait voir, en ligne droite, s'enfonçant dans la forêt. Un bras tendu vers l'avant, l'autre devant ses yeux, il se fraya un chemin d'arbre en arbre ; des branches humides lui fouettaient le visage, des buissons épineux s'accrochaient aux jambes de son pantalon. Tous les quatre ou cinq pas, il s'arrêtait, scrutant le taillis touffu devant lui pour voir si la corde ne serait pas attachée quelque part, puis, murmurant et hochant la tête, il avançait de nouveau. À chaque mètre franchi grandissait en lui le sentiment de se ridiculiser : jamais encore il n'était parti en forêt si tôt et à jeun. Et encore moins pour suivre une corde ! Les autres devaient déjà se payer sa tête car, à l'évidence, il avait décidé d'être l'idiot du village.

Ses yeux s'habituant peu à peu au manque de lumière, il distinguait de plus en plus nettement, sur le sol couvert d'aiguilles de sapin, la corde courant entre les troncs avec de molles ondulations. Combien de pas avait-il faits ? Cinquante, soixante ? Soudain une branche lui cingla la figure, une douleur aiguë lui arracha un gémissement; s'appuyant de l'épaule contre un tronc, il vida ses poumons en geignant. Il se tâta les joues avec précaution : la peau était mouillée, elle devait être écorchée. Relevant la tête, il respira, la bouche grande ouverte comme s'il venait de fournir un effort l'obligeant à reprendre haleine. Puis il éclata d'un rire qui, dans le silence de la forêt encore endormie, résonna de manière étrange, un peu comme si ce n'était pas lui qui riait, mais quelqu'un d'autre – et il fit demi-tour.

Revenu dans le pré, il eut sous les yeux le même tableau que tout à l'heure, sauf que trois autres paysans avaient rejoint le groupe, ainsi qu'une jeune femme n'ayant sur elle que sa chemise de nuit et un châle jeté sur ses épaules, comme si elle avait sauté du lit en toute hâte pour ne pas manquer le spectacle; il y avait aussi une fille, pieds nus, avec des tresses blondes, portant un chat dans ses bras, et un vieillard dont la pipe, dans sa bouche édentée, laissait échapper une fumée épaisse. Tous regardaient dans sa direction sans mot dire, brûlant de curiosité.

— La corde est longue ! Croyez-moi ! J'ai fait un bon bout de chemin, mais je n'ai pas trouvé l'autre extrémité.

Les paysans avaient les yeux rivés sur la trace sanguinolente qui lui striait la joue, en biais, juste sous la paupière. Bernhardt se frappa la poitrine du plat de la main pour se débarrasser des gouttes de rosée qui, telle une chemise transparente, recouvraient son pourpoint.

— J'en ai assez, dit-il d'un ton où l'exaspération allait croissant. J'ai mieux à faire que de traîner dans la forêt ! Bon Dieu de bon Dieu, qu'est-ce que tout ça veut dire ? Cette idiotie de corde n'est bonne qu'à bouffer mon temps – et le vôtre aussi !

Fendant le groupe, il partit à grands pas.

3

ILS SE CONCERTENT ET ONT UNE IDÉE

Il y avait, au milieu du village, un chêne dont l'âge offrait aux paysans l'occasion de spéculations aussi gratuites qu'empreintes de vénération. Le tronc était si épais que quatre ou cinq hommes se tenant par la main ne pouvaient en faire le tour; les grosses branches, anguleuses et enchevêtrées, avaient prospéré au point de former un dôme qui, les jours de soleil, procurait de l'ombre à de nombreux toits. On avait disposé autour du tronc des tables et des bancs pour les rencontres conviviales qui se multipliaient à la belle saison: chacun des paysans portant ici sa chope de bière à ses lèvres pouvait s'abandonner au sentiment rassurant que, sous ce toit de feuilles, on avait déjà fêté sa naissance des années auparavant et qu'un jour on commémorerait aussi sa mort au cours d'un plantureux festin.

Ce soir-là, les hommes assis devant les tables tenaient conseil pour déterminer quand devrait commencer la moisson. Tous étaient inquiets de la fraîcheur matinale inhabituelle – on n'était pas même encore à la mi-août –, inquiets aussi de quelques autres signes indiquant que, bientôt peut-être, le temps pourrait changer, en avance sur la saison. Dans les champs du village, le sol était pauvre et, même les bonnes années, la récolte était si maigre que les paysans avaient coutume de longtemps repousser la moisson, parfois jusqu'à début septembre. Mais aujourd'hui il n'en était pas question : tous s'accordaient à dire que l'on ne pouvait attendre davantage ; demain, il faudrait achever les derniers préparatifs et, le jour d'après, commencer à moissonner.

Sitôt la décision prise, la réunion tourna à la ripaille. Les hommes roulèrent un tonneau de bière jusque sous l'arbre, disposèrent sur les tables des saucisses saumurées, des pains plats en forme de galette avec du saindoux, des pichets de cidre et, chacun ayant allumé sa pipe à longue tige, ils se mirent à parler de la corde. Ils bouillaient d'impatience, plus d'un aurait souhaité ne discuter que de ça dès le début, mais il avait bien fallu, pour le bon ordre des choses, régler en premier le problème de la moisson.

Personne n'était retourné dans la forêt depuis le matin, les paysans ayant vaqué à d'autres occupations durant la journée. Seuls trois jeunes garçons s'étaient aventurés sur les traces de Bernhardt ; mais, à les en croire, ils n'avaient pas tardé à faire demi-tour et, en tout cas, sans avoir trouvé le bout de la corde. Leurs pères, furieux de cette escapade, les avaient châtiés, à grand renfort de gifles et de coups de bâton, ayant pour cela d'excellentes raisons : depuis quelque temps, une bande de loups rôdait dans les environs, et il avait été strictement interdit aux petits de pénétrer ne fût-ce que d'un pas dans la forêt. Il y avait deux jours de cela seulement, on avait entendu, le soir, hurler pas très loin du village : les enfants, aux aguets derrière les fenêtres, avaient tendu l'oreille, les yeux écarquillés, scrutant les ténèbres. Leurs mères, ne laissant pas passer l'occasion, les avaient abreuvés de terrifiantes mises en garde. On craignait les sangliers presque plus encore que les loups : les villageois de la région prétendaient qu'ils pouvaient atteindre la taille de jeunes veaux et ne pas hésiter, dans leur fureur, à charger un homme. Il y avait pléthore d'histoires de chasseurs ramenés de la forêt, morts ou sérieusement mis à mal – et toutes n'avaient pas été inventées par des mères soucieuses d'instiller une peur salutaire dans l'âme de leurs enfants.

Le bruit, sous les branchages du chêne, atteignit un niveau qui, même pour le village, était inhabituel, car personne ne renonçait à prendre part au vacarme ambiant, qui en parlant haut et fort, qui en mangeant à grand bruit ou en buvant non moins bruyamment.

— Quelqu'un a mis la corde là pour se foutre de nous.

— Ça, tu l'as dit. Et on tombe tous dans le panneau.

— Mais qui ? J'aimerais bien le savoir.

— Peut-être qu'il est là, à notre table, et qu'il rit sous cape ?

(Braillements incessants, chopes se heurtant à qui mieux mieux.)

— Je vais vous dire : il faut la couper, cette corde, et en répartir les morceaux entre nous. Elle paraît suffisamment longue pour ça ! Chacun en aura un bon bout.

— Mais elle doit bien appartenir à quelqu'un. Il t'enverra ses remerciements si tu la lui tronçonnes.

— Et alors ? Il l'aura cherché ! Pourquoi il laisse sa corde traîner en pleine forêt ?

— Parfaitement ! Ça lui servira de leçon.

— Et en plus, il devra nous payer une bière.

— Exactement ! Et je lui filerai un coup de pied par-dessus le marché !

C'était Michael qui monopolisait la parole, un homme aux cheveux très blonds, avec des yeux où brillait en permanence l'envie d'entreprendre, y compris quand, même avec la meilleure volonté du monde, il n'y avait rien à entreprendre. Les paysans l'aimaient bien, ils appréciaient sa perpétuelle bonne humeur et allaient jusqu'à trouver quelques bons côtés à ses défauts, par exemple d'être homme à prendre des décisions hâtives qui, rarement judicieuses, lui occasionnaient de fréquents ennuis sans pourtant altérer sa gaieté. À se fier aux apparences, il aurait parfaitement pu être le chef du village – si le village n'avait pas été trop petit pour avoir besoin d'un chef.

Agitant sa pipe, il déclara d'une voix tonitruante qu'il irait dans la forêt le lendemain matin et ne reviendrait pas avant d'avoir trouvé l'extrémité de la corde :

— Quand bien même je devrais marcher deux heures !

— Je t'accompagne ! hurla Raimund en tapant si fort des deux poings sur la table que les chopes les plus proches firent un bond.

Un troisième, bégayant d'enthousiasme, se joignit à eux. Les autres levèrent leurs pipes pour saluer l'excellence de cette proposition et, avec une rugueuse jovialité, bourrèrent les trois hommes de coups dans les côtes, sur les épaules et les bras. Il fallut une heure encore avant que l'attention ne revînt à l'essentiel, la boisson.

4

PREMIER MALHEUR

Le lendemain matin, le trio se retrouva près de la corde. D'humeur joyeuse, débordant d'entrain, Michael portait sur le dos un arc et des flèches. Il avait également ceint sa taille d'un couteau de chasse, accoutrement qui, aux yeux de ses deux compagnons, n'était que l'une de ses fanfaronnades habituelles.

Raimund, l'air renfrogné, regardait droit devant lui, sous des sourcils broussailleux et plantés sur des renflements osseux tellement saillants qu'ils tenaient dans l'ombre ses yeux et le haut de ses joues. En travers de son front, une cicatrice d'un violet profond luisait au soleil. Elle ne le quittait plus depuis l'enfance, depuis la fatale journée où sa mère, une femme sévère, avait levé le poing sur lui dans un instant de colère, sur quoi, terrifié, il s'était enfui dans la pièce et, s'emmêlant les pieds, s'était écroulé sur une pile de bûches, la tête en avant. La cicatrice avait ensuite grandi en même temps que lui, se fondant tout naturellement, librement, dans sa physionomie, jusqu'à devenir partie intégrante de son visage, un trait allant de soi : l'en priver ne lui aurait pas donné meilleure apparence.

Le troisième du groupe était Ulrich, un bel homme dont les lèvres dessinaient un perpétuel sourire satisfait et innocent. Il avait une prédilection pour les habits voyants. Il portait par exemple ce jour-là un gilet bleu ciel, dont – aussi loin que remontaient les souvenirs des paysans les plus âgés – on n'avait encore jamais vu ici l'équivalent, complété par un chapeau à large bord orné d'une plume de faisan lie-de-vin. Il l'avait posé de biais sur l'oreille, ce qui lui allait à merveille. Le « bel Uli », comme, bien sûr, on le surnommait, devait endurer de la part des autres villageois des moqueries qu'il balayait d'un haussement d'épaules souverain, tant il était convaincu que derrière ces platitudes ne se dissimulait que de la jalousie. Jalousie que, à regarder autour de lui dans le village, il trouvait on ne peut plus justifiée.

Michael et Uli s'entretinrent un petit instant, ayant à l'évidence trouvé un sujet de conversation cocasse dont il convenait de discuter sans retard ; à côté d'eux, Raimund, à son habitude, crachait abondamment dans l'herbe, avec force bruit, le bout de la langue roulé en une mince rigole pointant entre ses lèvres. Il finit par lancer un juron; sur quoi les trois hommes se mirent en route. Un vieillard qui effectuait non loin sa promenade matinale salua leur départ avec un geste de son bâton.

Il fallut peu de temps pour que de premiers villageois arrivent près de la corde: silhouettes mal dégrisées et ensommeillées qui, après les excès de la veille, avaient eu le plus grand mal à s'extraire du lit et ne supportaient guère la lumière du matin. La curiosité les avait néanmoins poussés jusqu'ici, désireux qu'ils étaient de ne pas manquer la suite de cette histoire étrange. Bientôt apparut Anna, la femme de Michael, une beauté paysanne aux yeux incroyablement bleus: quand elle approcha à travers les prés, il sembla, tant son pas était léger, qu'elle ne faisait qu'effleurer les pointes des herbes. Son sourire exprimait l'attente, mais aussi la certitude que, dans la seconde même, toutes les têtes se retourneraient vers elle.

Un quart d'heure passa sans que les trois hommes reviennent. Les villageois attendaient, déambulant sans but, tandis que se manifestait un début d'étonnement. L'un ou l'autre hochait la tête, on échangeait des regards qui en disaient long. Un second quart d'heure s'écoula sans que rien se produisît. Peu à peu la nervosité gagnait, personne ne parvenant à comprendre pourquoi les trois hommes mettaient aussi longtemps à trouver l'extrémité de la corde. L'affaire, qui jusqu'ici avait surtout été amusante – diversion anodine et bienvenue permettant aux paysans de rendre moins longue l'attente de la moisson –, commençait à prendre d'autres proportions. Depuis un bon moment déjà, tout ce que le village comptait d'habitants s'était rassemblé à la lisière de la forêt, foulant et écrasant de leurs pieds l'herbe humide de la prairie ; certains allaient jusqu'au ras des arbres et, les mains sur les cuisses, scrutaient les taillis impénétrables.

Il en alla ainsi pendant plus de deux heures. Un craquement se fit entendre tout à coup, puis il y eut quelque part, au loin, comme des froissements, le bruit de branches retournées au passage d'un corps – enfin un faible appel, inintelligible, qui, d'après le timbre de la voix, pouvait avoir été lancé par Michael. Anna, qui luttait contre les larmes depuis un moment et qui, maintenant beaucoup moins aérienne, n'arrêtait pas d'aller et venir dans le pré, mit les mains autour de sa bouche.

— Michael ?... C'est toi ?... Par ici... Nous sommes ici !

Pas de réponse. Les froissements paraissaient se rapprocher dans le sous-bois, mais lentement. Une lenteur incompréhensible ! Des bribes de voix leur parvenaient, se perdant ensuite dans le bruissement des arbres. Deux paysans se précipitèrent alors dans la forêt à la rencontre des arrivants. On entendit des paroles confuses dans les taillis, puis on aperçut des silhouettes. Râlant d'épuisement, la figure barbouillée de terre, Raimund se montra le premier; l'un des deux paysans marchait à côté de lui; Michael et le deuxième paysan fermaient la marche. À eux quatre, ils portaient Uli par les jambes et les épaules – il semblait évanoui, sa tête, inclinée sur sa poitrine, ballottée au rythme de la marche; son pantalon était souillé de sang.

On coucha le blessé dans la prairie. Son visage avait perdu toute couleur, des brins d'herbe et de mousse collaient à ses cheveux, le chapeau à plume avait disparu, il avait dû le perdre dans la forêt. Les villageois se penchèrent sur lui avec curiosité et effroi; une femme tira un mouchoir de l'échancrure de son corsage et tamponna ses joues trempées de sueur, tandis qu'une autre, agenouillée à son côté, lui frottait les mains vigoureusement, sans raison.

Michael et Raimund se laissèrent tomber à terre; ils étaient si épuisés qu'ils n'étaient guère maîtres de leurs pensées. Raimund cracha à plusieurs reprises dans l'herbe, mais sans vigueur, sans non plus rouler sa langue en forme de rigole. Longtemps, ils n'émirent pas le moindre mot intelligible, puis, toujours entre balbutiements et silences soudains, ils racontèrent une histoire qu'ils allaient répéter plus d'une fois au cours de la journée. Le soir, elle allait finir par acquérir une forme acceptable, cohérente, expurgée des plus grossières absurdités.

Ils avaient marché une demi-heure dans la forêt, la corde s'étirait à perte de vue dans la lumière du matin, toujours décrivant de molles ondulations.

— Je vous jure, une corde longue comme ça, vous n'en avez encore jamais vu, je n'en croyais pas mes yeux !

Parvenus à un ruisseau, ils avaient marqué une pause. C'est alors qu'ils avaient entendu non loin d'eux des sangliers fouir le sol et grogner. Sans hésiter, Michael avait saisi son arc, prêtant à Uli son couteau de chasse, et ensemble ils avaient tenté de s'approcher de la compagnie.

— On a pensé : pourquoi pas ? La journée est encore longue, et la corde ne va pas s'envoler !

Ils avaient soudain vu un verrat qui les chargeait à fond de train.

— La sale bête était effrayante, vous pouvez me croire, un bestiau énorme ! Le sol tremblait tellement que j'ai d'abord pensé : il doit y en avoir deux ou trois !

Michael avait eu tellement peur qu'il fut incapable de tirer une seule flèche ; tous deux, perdant la tête, avaient fait demi-tour et détalé. Trébuchant contre une grosse branche, Uli était tombé et, avant qu'il eût pu se relever, le mâle se ruait déjà sur lui. Michael avait alors décoché une flèche, frappant l'animal en plein flanc.

Couinant, celui-ci avait abandonné la partie et, gravement blessé, s'était enfui.

— J'aurais voulu poursuivre le monstre, lui donner le coup de grâce, mais ce n'était pas possible – il fallait que je m'occupe d'Uli. Il poussait de ces cris, mon vieux! À croire qu'on l'égorgeait! Je l'entends encore, nom d'un chien!

Raimund les avait ensuite rejoints. Empoignant le blessé par les bras et par les jambes, Michael et lui avaient pris le chemin du retour vers le village.

5

Le grand départ

Dès l'aube, la foule se pressa de nouveau à l'orée de la forêt. Plus d'une douzaine d'hommes, sac plein de provisions sur l'épaule, couteau de chasse et outre d'eau en cuir à la taille, étaient rassemblés, impatients, prêts au départ, étreignant leurs femmes d'un geste distrait. Ils les laissaient fourrer dans leurs poches des objets parfaitement inutiles, tandis qu'ils tentaient de caresser les cheveux de leurs enfants qui jouaient et sautaient autour d'eux…

La veille au soir, les paysans s'étaient à nouveau réunis sous le chêne. Les palabres s'étaient poursuivies jusque tard dans la nuit; les hommes, évitant cette fois de boire trop de bière, s'étaient creusé la cervelle au sujet de la corde – pour finalement parvenir à la simple constatation qu'ils n'avaient pas l'ombre d'une explication à ce mystère. Aussi avaient-ils résolu de partir tous ensemble pour une expédition en forêt, le lendemain matin, et de dépasser l'endroit atteint par Michael et ses compagnons pour enfin découvrir de quoi il retournait. Personne ne savait combien de temps cela demanderait, mais ils comptaient être de retour au village dans l'après-midi au plus tard, afin de commencer la moisson.

Il y avait, au beau milieu de cette cohue, un petit homme chétif dont on remarquait aussitôt les yeux noirs ainsi que le regard perçant et pétillant d'intelligence. D'ailleurs, tout ou presque le différenciait des paysans. C'était Rauk, l'instituteur. Vivant dans un bourg relativement important, à deux journées de marche, il venait à intervalles irréguliers pour apprendre à lire et à écrire, autant que faire se pouvait, aux enfants du village. La veille au soir, il était apparu inopinément, comme toujours, et il avait pris part à la réunion sous les frondaisons. L'histoire qui lui avait été racontée l'avait fasciné au point qu'il avait tenu à partir avec les autres le lendemain.

Les villageois entretenaient avec Rauk des rapports où se mêlaient timidité et méfiance, le respect contrebalançant une aversion secrète, difficile à exprimer à l'aide de mots. Ils appréciaient bien sûr que, certainement mû par la bienveillance, il essayât de donner à leurs enfants au moins un soupçon d'instruction. Mais il leur inspirait en même temps comme un malaise, ils ne parvenaient pas à échanger avec lui ne serait-ce que quelques mots sans éprouver un sentiment d'étrangeté, la sensation d'une espèce de menace diffuse. Le fait qu'il souffrît d'une malformation qui l'obligeait à traîner un pied en marchant n'était pas pour arranger les choses. Bavarder à propos de cette infirmité était un vrai plaisir qui pouvait occuper des veillées entières. Tout le monde était d'accord pour considérer que Rauk était « marqué par le destin », et les enfants n'étaient pas les seuls à se moquer de l'imposante chaussure qui sortait de la jambe de son pantalon.

Deux énormes chiens à tigrures de couleur cuivre sautillaient, glapissant et gémissant, autour de Rauk. C'étaient Thor et Hetzer, les dogues qu'il emmenait dans ses équipées en forêt pour se protéger des loups et autres dangers. Ils faisaient de leur mieux pour se montrer sous leur jour le plus terrifiant, poussant de rauques aboiements qui couvraient les conversations des paysans et, quand ils n'aboyaient pas, ils ouvraient une large gueule qui laissait apparaître leurs énormes crocs. Ils tiraient si fort sur leur laisse que Rauk avait de la peine à les retenir.

Johannes, un petit être rondelet au visage sans relief, se tenait quelques pas à l'écart, les bras croisés, la moue boudeuse. La veille au soir, il avait été désigné comme l'homme devant rester au village afin de ne pas laisser les femmes et les enfants sans protection. Personne ne s'étant porté volontaire pour assumer cette tâche, il avait bien fallu s'en remettre au tirage à pile ou face, et le sort était tombé sur Johannes. Les lèvres pincées réduites à un trait, il affichait un mécontentement presque puéril, afin de ne laisser aucun doute sur l'affliction qui était la sienne à l'idée de ne pouvoir partir avec les autres. Mais, chacun étant occupé par ailleurs, personne ne prêtait attention à sa mimique, et si quelqu'un posait d'aventure les yeux sur lui, loin de compatir, il devait au contraire lutter contre l'envie de ricaner.

Anna retenait son mari dans ses bras ; il lui était difficile de le laisser s'en aller, la peur qu'elle avait éprouvée la veille demeurant vivace en elle. Elle chuchotait sans arrêt à son oreille, contre laquelle elle gardait la bouche collée ; à un moment donné, elle cueillit une fleur et la lui piqua dans la boutonnière, comme si leur séparation devait être de longue durée. Michael répondait à tout cela du sourire de l'heureux propriétaire, en montrant bien toutefois qu'en la circonstance il n'accordait guère d'importance à ce genre de manifestations. Il finit par se détourner brusquement d'elle, puis, levant les bras au-dessus de la tête, il frappa dans ses mains :

— Allez, les gars ! Assez traîné ! Allons-y maintenant, il est temps, partons !

Personne ne lui prêta attention. Le reste de la troupe fit mine de ne pas avoir entendu, car il allait sans dire que Michael n'avait aucun droit de donner le signal du départ. Il laissa passer trente secondes avant de frapper à nouveau dans ses mains – et d'être à nouveau ignoré. Il lui fallut, pour que les hommes se mettent en mouvement, cesser ses tentatives et se contenter de rester, vexé et impatient, à côté d'Anna qui profita aussitôt de l'occasion et l'enlaça de ses deux bras.

Agnès rentra chez elle où l'attendait déjà la petite Élisabeth, qui, impatiente, s'agitait dans son berceau et émettait, sous l'effet de la faim, un léger halètement susceptible à tout instant de se muer en cris. À son entrée dans la pièce, une odeur âcre l'assaillit, la prit à la gorge comme une main cherchant à l'étrangler – l'odeur d'Uli. Bernhardt et elle avaient recueilli le blessé qui n'avait personne d'autre au village. Couché dans un lit provisoirement installé au milieu de la pièce, il dormait. Pendant la nuit, sa jambe blessée, bandée avec des linges par les soins d'Agnès, avait fortement enflé. Aux premières heures du jour, il avait été pris de fièvre. Il ne respirait qu'à grand-peine, semblant avoir sur la poitrine un fardeau pesant qu'il devait soulever à chaque inspiration. Les paysans redoutaient les blessures occasionnées par les sangliers ; elles avaient la réputation de mal se terminer.

Agnès s'assit près du lit d'Uli, déboutonna sa robe et posa sur son sein le nourrisson qui, avide et conscient de ce qui l'attendait, jouait déjà de la langue. Le silence régnait dans la pièce simple et bien rangée, inondée de la lumière matinale. On n'entendait que la respiration d'Uli, entrecoupée par un sifflement âpre, et les gloussements de plaisir d'Élisabeth. Le front du jeune homme était couvert de rides paraissant appartenir à quelqu'un de plus âgé que lui et, autour de sa bouche, couraient des tressaillements évoquant des grimaces d'ironie ou de folie. Agnès fut obligée de s'avouer, presque contre son gré, que le visage conservait malgré tout un charme singulier : la maladie ne pouvait altérer la simplicité et la beauté de ses traits ; au contraire, les marques de la souffrance leur conféraient une certaine maturité, une ombre de réelle virilité. L'une et l'autre avaient jusqu'ici fâcheusement fait défaut à un Uli en bonne santé, un homme qui s'était toujours contenté de vivre sa vie avec une joyeuse et naïve innocence.

Elle prit un linge dans le coffre à literie et, à petits coups précautionneux, lui essuya le front. Ses mâchoires remuaient, les muscles se contractaient sous la peau mal rasée, les dents se heurtaient avec un sourd crissement.

6

SILENCE

Durant la première partie de la matinée, les femmes vaquèrent à leurs occupations habituelles ; seule l'une ou l'autre d'entre elles se rendait de temps en temps jusqu'à la corde, tendant l'oreille en direction de la forêt dans l'espoir d'entendre les voix des hommes au loin ou les aboiements des chiens, puis retournait à son travail. Ensuite, l'espace situé à la lisière de la forêt commença à se remplir, les villageois étant de plus en plus nombreux à se rassembler en bavardant, joyeux et impatients de savoir quand les hommes reviendraient et d'entendre ce qu'ils raconteraient. Les femmes avaient préparé un repas copieux, presque un repas de fête, comme lorsqu'elles attendaient le retour de leur mari parti chasser ou couper du bois.

Midi passa et les villageois étaient toujours là. Peu à peu le silence s'installa, la tension grandit, perdant de son charme. De premières remarques fusèrent çà et là, mi-amusées, mi-irritées, à propos des hommes qui ne tenaient jamais parole. L'inaction minait la patience et fatiguait les jambes : chacun, de temps à autre, rentrait chez soi pour étirer ses membres sur une chaise, mais, se sentant vite plus mal à l'aise encore, il ne tardait pas à revenir.

Quand, tard dans l'après-midi, le soleil se rapprocha de la cime des arbres, tous furent gagnés par la perplexité et le malaise. Personne ne prononçait plus un mot, un début de peur s'installa. Pour quelle raison les hommes n'étaient-ils pas encore de retour ? Bien sûr, les villageois avaient prévu que la marche dans la forêt prendrait un certain temps, mais qu'ils soient encore en chemin alors que la nuit approchait et qu'ils aient oublié leur promesse de commencer la moisson dès aujourd'hui, voilà qui était troublant ! Un incident avait dû les retarder, mais quoi ?

Lorsque le dernier rayon de soleil eut disparu des cimes, les femmes renoncèrent à attendre plus longtemps. Elles savaient que les hommes, maintenant, en pleine forêt, n'arrivaient plus à distinguer leur propre main à quelque distance de leurs yeux : même s'ils étaient proches du village, ils n'avaient d'autre solution que d'installer un campement pour la nuit. Les repas étaient toujours sur la table, dans les maisons ; les femmes, quand elles n'avaient pas l'appétit coupé, entreprirent de manger seules.

Le lendemain, un lourd silence pesait sur le village. Dès les premières lueurs du jour, on avait vu des femmes traverser les prés en direction de la forêt, s'arrêter un instant, l'oreille aux aguets, puis retourner vers les maisons d'un pas lourd. L'endroit où se trouvait la corde ne resta pas désert une seule seconde : il avait tacitement été décidé que l'un ou l'autre devait y monter la garde en permanence afin de déceler le plus tôt possible l'approche des hommes. Entre-temps les obligations quotidiennes, indifférentes et obstinées, n'avaient pas pour autant cessé d'exiger leur dû. Les femmes surveillaient les enfants et s'acquittaient de l'indispensable dans la maison et à l'étable, tâche bien plus pénible qu'à l'ordinaire en l'absence des hommes.

Agnès passa beaucoup de temps à soigner Uli, le choyant aussi consciencieusement que s'il s'était agi de son mari. Appliquée, imaginative, déployant même un zèle exagéré, elle cherchait à contenir ses idées noires, trouvant du réconfort à une foule d'occupations qui étaient loin d'être toutes nécessaires. Elle ne parvenait toutefois pas à se calmer et se posait sans arrêt les mêmes questions : Bernhardt était un mari fidèle, un homme de parole, la fiabilité même ; comment expliquer qu'il ose plonger sa femme dans une angoisse pareille ? Il devait être conscient de la situation où elle se trouvait, de ses soucis, et savoir cela – elle n'avait aucun doute sur ce point – était pour lui aussi un poids énorme. Mais alors, pourquoi ne revenait-il pas ? Pourquoi ne mettait-il pas un terme à cette attente angoissante ?

Elle ne croyait toujours pas qu'il s'était produit quelque chose de grave. On finirait vraisemblablement par trouver à son absence une explication que personne n'aurait pu imaginer, une explication fort simple, anodine. Qu'aurait-il pu arriver à ces hommes dans la forêt ? Tous étaient des chasseurs aguerris, des tireurs adroits, et Rauk, de plus, avait emmené ses chiens terrifiants.

Uli était mal en point. Il avait une fièvre inquiétante qui le submergeait par vagues parfois plus fortes encore que le premier jour. Certes il se réveillait continuellement, mais regardait dans le vide d'un œil terne, sans sortir de sa torpeur végétative et sans paraître se souvenir de ce qui s'était passé ni être conscient qu'il reposait dans un lit qui n'était pas le sien.

À un certain moment, il se mit à délirer, respirant par saccades, la tête ballottant à gauche et à droite, balbutiant des mots incompréhensibles. Tout à coup, son buste se souleva des oreillers, ses doigts se crispèrent sur le drap et, les yeux ronds, il dévisagea Agnès assise auprès de lui :

— Agnès… ? Pourquoi… pourquoi… es-tu ici ? Qu'est-ce que… qu'est-ce que… ?

Lui posant les mains sur les épaules, elle le repoussa dans les oreillers avec un sourire rassurant :

— N'aie pas peur, Uli. Tout va bien, ne te fais pas de souci. Tu es bien au chaud dans un lit, et je suis auprès de toi.

— Mais… mais… pourquoi ?

— Tu es un peu malade, Uli. Ta jambe ne va pas bien. Bernhardt et moi t'avons pris chez nous, comme ça tu n'es pas tout seul. Essaie à présent de ne plus parler…

Elle s'efforça de le convaincre, avec des mots doux et apaisants comme si elle s'adressait à un enfant qui ne comprend encore pas tout, des mots doux et apaisants qu'elle s'adressait à elle-même.

Johannes n'était pas précisément l'image du bonheur. Tout ce qu'il entreprenait suscitait chez les femmes des hochements de tête. Oui, elles auraient même pu, si les circonstances avaient été moins graves, se moquer de lui ouvertement, se montrer méchantes. Il n'avait jamais été au nombre de ceux qui, dans le village, étaient respectés. Il passait au contraire pour un être assez simplet, si ce n'est benêt, un être qui émettait rarement une phrase sensée et de qui on ne pouvait de toute façon rien tirer. Aussi, se retrouvant le seul homme au village, veillait-il avec d'autant plus de soin à faire étalage de son autorité. Plusieurs fois dans la journée, se donnant de grands airs, il arpenta les lieux d'un pas lent, s'arrêtant tantôt devant une maison, tantôt devant une autre, pour vérifier que tout était en ordre, frappant parfois à une porte – entre autres puérilités du même acabit – pour dispenser un conseil que personne ne lui avait demandé. Avec une ardeur qui n'avait guère de chances d'être récompensée, il tenta de se couler dans le rôle du vaillant protecteur qui, dans des circonstances usantes pour les nerfs – avant tout ceux des femmes ! –, garde son sang-froid de manière admirable. Pourtant, peu certain en réalité que son manège obtînt le succès escompté, il lançait de discrets coups d'œil en coin, pour lire sur les visages ce que l'on pouvait bien penser de lui. Et ce qu'il y lisait n'était pas de nature à l'apaiser.

Les villageois vécurent la troisième journée comme une épreuve. Tous étaient obsédés par l'idée qu'il avait dû arriver malheur aux hommes, même si personne ne se représentait clairement en quoi ce malheur pouvait bien consister. Le silence persistait, désormais chargé d'une menace sourde. De loin en loin seulement, une voix se faisait entendre ; l'abattement était si grand que la moindre conversation exigeait un effort dépassant les ressources morales de chacun.

L'après-midi, quelques villageois transportèrent jusqu'à la forêt les bancs installés sous le chêne. La longue attente à côté de la corde était épuisante, les vieux n'étaient pas les seuls à devoir lutter contre des élancements dans le dos et la lourdeur des pieds; beaucoup s'étaient d'abord résolus à s'asseoir dans l'herbe, pourtant humide de rosée le matin et le soir; le recours aux bancs mit fin à ces désagréments.

Le soir, les travaux terminés, chacun s'étant acquitté de ses obligations – même les tâches inventées à seule fin de se changer les idées –, tous les habitants se rassemblèrent à l'orée de la forêt. Une lune gris pâle se leva au-dessus des arbres, indifférente. Sachant pourtant que leurs maris ne reviendraient plus ce soir-là, les femmes trouvèrent réconfortant de patienter encore un petit moment sur les bancs, de laisser filer le temps en compagnie des autres. S'abandonnant à des pensées qui ne débouchaient sur rien de bon, elles étaient à l'écoute des bruits qui emplissaient l'obscurité: quelque part dans les profondeurs de la forêt, le cri d'une chouette, féroce et étouffé; plus proche, plus net, plus inquiétant donc, le grattement de petites pattes dans les feuilles – une souris certainement ou bien un hérisson –, de temps en temps, un couinement aigu, quand les dents d'un petit tueur nocturne se plantaient dans une proie.

7

En avant ! En avant !

Les hommes avançaient l'un derrière l'autre d'un pas rapide. La forêt se fit bientôt moins touffue, les sapins entourant le village disparurent, cédant la place à des hêtres dont les troncs s'élevaient droit, semblables à des piliers d'un argent mat. Il soufflait une brise légère qui perdit rapidement de sa fraîcheur ; des taches d'une lumière vive transperçant les feuillages dansaient sur le sol. Rauk détacha ses chiens. Comme sous l'empire de forces invisibles, ils bondirent au loin, leur langue pendait de leur gueule tels des fanions rouges flottant au vent. Ils se prenaient à la gorge, se sautaient sur le dos, sans ralentir leur course, risquant à tout moment de percuter un arbre…

Les paysans étaient heureux. Sans cesse, ils fouillaient du regard le clair-obscur des taillis devant eux, ne se lassant pas du spectacle de la corde : tantôt, luisante sous le soleil, on la voyait nettement courir sur le sol, tantôt on la perdait de vue, enfouie sous le brun éteint des feuilles sèches. Son extrémité nulle part visible, elle s'étirait sans fin, fil incroyable courant à travers le labyrinthe des piliers. Plus ils avançaient, plus la corde avait d'emprise sur eux, tous étant en proie à un sentiment puissant et exaltant, le sentiment de vivre un événement qui, inédit dans l'histoire du village, avait rompu toutes les barrières de l'intelligible.

Peu avant midi, les hommes s'arrêtèrent pour se reposer. Allongés sur le tapis de feuilles mortes, ils sortirent leurs provisions des sacs, burent à la régalade l'eau ou la bière des outres en cuir. Au cours de la matinée, une chaleur sèche s'était répandue dans la forêt, la fraîcheur de la veille et les étranges traînées nuageuses paraissant s'être volatilisées. Tous, suant, à demi endormis, contemplaient l'azur du ciel à travers les branches. À côté d'eux, dans un lit de feuillages, reposait la corde qui semblait appartenir au groupe et partager sa pause.

Au bout d'un moment, Bernhardt se releva, prit place au milieu de la troupe et dit d'un ton légèrement embarrassé, le ton de celui qui a sur le cœur quelque chose d'important mais qui est trop modeste pour en faire toute une histoire :

— Eh bien, les gars ! Voilà une demi-journée déjà que nous sommes en route. Il est temps de songer à rentrer, vous ne croyez pas ?

Personne ou presque ne bougea, chacun, plus ou moins somnolent, étant plongé dans ses pensées. Occupé à manger une longue saucisse fumée, assis contre un arbre, Michael, comme s'il avait été dérangé dans son repas, lança à Bernhardt un regard mécontent. Rauk parut ne pas entendre, trop affairé à lancer des morceaux de viande à son chien, Hetzer, qui, planté devant lui, les pattes largement écartées, ouvrait tout grand une gueule dégoulinante de bave.

— Nous avons marché assez longtemps maintenant, reprit Bernhardt, rompant le silence, ce n'est pas aussi votre avis ? Faisons demi-tour, sinon nous n'arriverons pas à temps au village.

Ses compagnons échangèrent des regards furtifs et gênés, l'un d'eux marmonnant de manière incompréhensible – sans doute était-ce un juron –, les autres accordant à leurs victuailles une attention visiblement affectée. À l'évidence, personne n'était d'humeur à prendre déjà le chemin du retour, tous se sentaient encore pleins d'énergie ; la soif d'aventure, l'envie de sortir de la routine qui les avaient poussés jusqu'ici brûlaient encore en eux.

Une voix cria :

— Allons, n'exagère pas, Bernhardt. Il est encore très tôt, à peine midi. On peut bien marcher encore un petit moment !

— C'est vrai ! On n'est tout de même pas si pressés ! On n'a presque pas avancé.

Michael fourra un doigt dans sa bouche pour ôter de ses molaires des bribes de viande et, du ton de celui qui ajoute un argument inédit, il énonça :

— Exact ! Il est encore tôt, avançons tranquillement encore un peu, rien ne presse !

Rauk attacha à sa ceinture le sac renfermant les morceaux de viande, vide à présent, et ramassa son arc et ses flèches par terre, comme s'il s'apprêtait à reprendre la marche. Il adressa à Michael un signe de la tête appuyé, pour lui donner raison mais aussi pour déclarer l'affaire réglée après cette dernière intervention aussi sensée qu'exhaustive. Ensuite seulement il se tourna vers Bernhardt :

— Tu as eu raison de nous rappeler que le temps passe. C'est vrai que nous ne devrions pas nous attarder ici plus longtemps ; le soleil est déjà haut, le mieux est de repartir ! Plus tôt nous aurons découvert de quoi il retourne avec cette corde et plus tôt nous serons revenus au village.

Bernhardt eut un geste de résignation, il avait compris que ses propos étaient tombés dans l'oreille de sourds. L'un après l'autre, les paysans se levèrent alors, se mettant à parler tous à la fois. Thor se dressa contre Rauk, posant ses pattes sur ses épaules et gémissant frénétiquement, comme pour implorer que la troupe reprît la route. Certains avaient déjà mis leur sac en bandoulière, personne ne resta à la traîne.

Le sol, plat durant toute la matinée, était à présent sillonné de petites éminences, jeu de lignes montant et descendant en une nonchalante alternance. Des tapis de fleurs bleu clair, fruits tardifs et luxuriants de l'été sur son déclin, brillaient entre les troncs, pareils à des étangs. La corde poursuivait son chemin, imperturbable, décrivant d'amples courbes autour des collines ou les franchissant résolument, sans détour. À chaque pas, les hommes pensaient qu'ils allaient élucider l'énigme qui les avait mis en branle et, à chaque pas, la solution reculait devant eux, toujours davantage. Le temps s'écoulait rapidement sans que personne y prêtât attention, si fort était le besoin d'avancer encore et encore. Même Bernhardt était silencieux.

Tard dans l'après-midi, quand l'argent des hêtres perdit peu à peu de son brillant, les hommes furent pris de fatigue, commençant à ressentir le prix à payer pour une journée de marche harassante. Ils firent halte et installèrent leur camp pour la nuit dans une vaste dépression de terrain à proximité d'un ruisseau. On alluma un feu de branches sèches. Tous sortirent de leurs sacs ce qu'il leur restait de provisions ainsi que les champignons et les noix ramassés en chemin. Rien ne paraissait leur manquer pour qu'ils s'offrent un peu de bon temps et attendent la tombée du jour en profitant d'un confort bien mérité.

Chacun leva les yeux d'un air contrarié quand Bernhardt, se plaçant au centre du groupe, sollicita de la main l'attention générale.

— Voilà une journée entière que nous marchons, les gars. Qu'est devenue notre promesse d'être de retour chez nous dans l'après-midi ? Nous avons trahi notre parole et nos femmes nous attendent en vain.

Sans dire mot, les paysans gardèrent les yeux baissés, l'air maussade. Raimund, s'affairant près du feu avec une branche épaisse qu'il s'apprêtait à briser sur sa cuisse, poussa un sifflement qui découvrit deux rangées de dents jaunies.

— Demain matin, nous devrons nous décider à prendre le chemin du retour, poursuivit Bernhardt, il est grand temps ! Jusqu'au village, il va nous falloir une autre journée entière. Une journée entière !

— Ça va, ça va, nom d'un chien ! Tu n'as pas besoin de nous raconter ça ! s'écria Raimund qui, cassant la branche d'un geste furieux, brandit de ses grosses mains les deux morceaux comme il aurait brandi des armes. C'est bon, n'insiste pas ! On est assez grands pour savoir qu'il y a du chemin jusqu'au village !

Bernhardt parvint à le regarder en face sans perdre son calme.

— Pourquoi me rabroues-tu comme ça ? Pense à nos femmes, à nos enfants ! Ils doivent être morts d'inquiétude : à cette heure, ils sont peut-être réunis sous le chêne en train de discuter. Ou bien ils nous attendent à l'orée de la forêt. Comment peuvent-ils s'expliquer que nous ne soyons toujours pas avec eux ?

— N'en rajoute pas, Bernhardt ! l'interpella Michael. Tu veux quoi au juste ? Bien sûr, c'est vrai que nous avons promis de revenir au village dans l'après-midi. D'accord… mais parfois les choses se passent autrement qu'on ne le pensait !

— Exactement ! s'écria un autre paysan. Arrive ce qui doit arriver ! Et puis… tu es toi-même encore là, Bernhardt ! Ou bien est-ce que je me trompe ? Pourquoi ne t'en es-tu pas retourné, hein ?

Bernhardt détourna le regard.

— Oui… Tu as raison… Moi aussi… je suis venu jusqu'ici avec vous… Mais à présent je dis que ça suffit ! Il faut rentrer ! La moisson nous attend. Nous ne pouvons pas la repousser plus longtemps. Chaque journée nouvelle qui s'écoule apporte son lot de dangers. Dès demain, le temps peut changer subitement !

Ces paroles eurent un certain effet sur les paysans. Bernhardt avait au village la réputation d'un homme raisonnable, quoiqu'un peu austère, le genre de personne à ne se soûler qu'une ou deux fois dans l'année et dont l'avis ne devait pas être pris à la légère. Il venait d'exprimer là des préoccupations qu'ils partageaient : ils n'avaient cessé d'avoir devant les yeux l'image de leurs champs, et l'idée de laisser leurs femmes dans l'incertitude leur crevait le cœur… En même temps, pourtant, ils éprouvaient comme une aversion à son égard. La marche les avait profondément bouleversés. Il leur suffisait de penser à la corde pour se sentir révulsés à la perspective de devoir interrompre cette aventure magnifique, de rentrer chez eux bredouilles. Ils étaient en outre trop orgueilleux et trop entêtés, sinon bornés, pour accepter de s'entendre adresser des remontrances par quelqu'un qui n'était rien de plus qu'eux, quelqu'un qui n'avait aucun droit à se prendre pour plus malin qu'eux : non mais, de quel droit Bernhardt se permettait-il d'agir ainsi ?

— J'estime, Bernhardt, que nous pouvons nous laisser encore un peu de temps avant de rentrer.

C'est Rauk qui venait d'intervenir. Assis sur le talus bordant la cuvette, sensiblement plus haut que tout le monde, les jambes croisées de manière à dissimuler son pied bot, il le regardait avec un sourire froid et dédaigneux.

— Le temps a été magnifique aujourd'hui, tu ne trouves pas ? Une journée chaude et ensoleillée, pas le moindre nuage dans le ciel ; l'été, à ce qu'on voit, est revenu ! C'est pourquoi je pense, Bernhardt, que nous n'avons pas trop à nous inquiéter pour la moisson. Si, demain, nous avançons encore un peu, peut-être une heure ou deux, avant de prendre le chemin du retour, ce sera encore bien assez tôt.

Il parlait d'une voix sonore, en articulant soigneusement, et entremêlait son discours de gestes qui mettaient en valeur ses mains et donnaient à son propos une insistance, voire un tranchant qui, sinon, n'était pas perceptible à l'oreille.

— Tu nous as aussi rappelé que nous avions fait une « promesse », Bernhardt. Bien sûr que nous nous sommes engagés, et les promesses doivent être tenues… Mais, je t'en prie, prends aussi en considération ceci : lorsque nous avons décidé, hier, de ne pas nous absenter au-delà de l'après-midi, nous ne pouvions prévoir que cette corde nous conduirait à nous enfoncer aussi profondément dans la forêt, si étrangement et mystérieusement loin du village. Nous pouvions tout aussi peu deviner que le temps s'améliorerait et que l'été allait à nouveau offrir de belles et chaudes journées. Soyons francs : nous nous sommes trompés ! Notre promesse a été une erreur ! Et si elle a été une erreur, en quoi nous engage-t-elle plus longtemps ?

« Permets-moi un mot encore au sujet de nos femmes et de nos enfants, Bernhardt. Je crois sincèrement que leur situation n'est pas aussi grave que tu le dis. Tout bien considéré, ceux qui nous attendent n'ont aucune raison d'être inquiets. Nous sommes plus d'une douzaine d'hommes, chacun armé de son arc et de flèches – il n'y a absolument rien qui puisse nous menacer ! Aussi, j'en suis certain, les femmes ne vont pas avoir peur pour nous ; elles vont bien plutôt se dire qu'il doit y avoir de bonnes raisons à notre absence. Nous leur raconterons plus tard ce qui nous est arrivé et elles comprendront alors que nous avons agi comme il le fallait – que nous n'avions pas d'autre choix que d'avancer encore et encore… »

Redressant son torse chétif, il tendit le bras en un geste qui, sans rien signifier de précis, était on ne peut plus expressif. Le soleil qui déclinait entre les troncs nimbait de rose sa silhouette, lui conférant une aura de dignité et de respectabilité dont elle était totalement dépourvue sous un éclairage normal.

— Les gars ! Nous sommes face à un grand mystère. Chacun de nous pressent que cette corde a une profonde et merveilleuse signification. Ce matin déjà, quand nous nous sommes mis en route, nous le devinions. Maintenant nous en avons la certitude. Qui ne serait subjugué par une énigme pareille ? Et qui ne ressentirait le désir, le besoin de la tirer au clair ? Faire demi-tour maintenant, revenir au village les mains vides serait insensé. Reprenons notre marche demain matin – un petit bout de chemin encore, jusqu'à ce que le mystère soit résolu !

Pendant la harangue de Rauk, les paysans gardèrent la tête penchée sur le côté, la plupart écoutant, la bouche à demi ouverte, certains, même, bouche bée. Tous étaient fascinés par son éloquence, en même temps que désorientés : il y avait bien çà et là des passages qu'ils n'avaient pas bien compris, mais ils avaient la certitude que, dans l'ensemble, il ne pouvait qu'avoir raison. Sachant pertinemment qu'il ne dirait plus rien, ils persistaient pourtant à le regarder, pleins d'attente.

Michael fut le premier à bouger.

— Eh bien, les gars ! Vous avez entendu ! s'exclama-t-il en mettant les poings sur les hanches avec un entrain un peu affecté. Décidons à présent ce que nous ferons !

Il effectua deux pas vers le haut de la cuvette, de manière à se placer entre Rauk et le reste de la troupe.

— Je vous pose la question : qui est pour que, demain matin, nous retournions au village ?

Bernhardt, qui s'était assis sur une pierre tout en bas de la cuvette, leva la main. Un autre paysan l'imita, émettant un léger ronflement et toussotant pour se donner du courage. Un troisième remua le bras avec lenteur, d'un geste hésitant, jeta des regards furtifs à droite et à gauche pour deviner les intentions des autres – et enfonça les deux mains dans les poches de son pantalon.

— Tiens, tiens. Bon. Deux personnes !

Michael avait retrouvé son assurance. Il parlait plus fort et un tressaillement autour de ses lèvres fut l'esquisse d'un sourire de triomphe.

— Et vous, les autres, qu'est-ce que vous voulez ? Voulez-vous continuer à avancer demain matin ? Au moins un petit peu encore – jusqu'à l'autre bout de la corde ?

C'est ce qu'ils voulaient.

8

NOUVEAU MALHEUR

Le ciel, d'un bleu intense, brillait à travers les branches, une journée d'été commençait qui promettait d'être aussi belle que celle de la veille. Bernhardt marchait vite, d'un pas impatient, car il ne voulait pas perdre de temps, chaque minute supplémentaire passée ici, hors de chez lui, loin d'Agnès et d'Élisabeth, lui paraissant aggraver encore ses torts.

Il était accompagné d'Alfred, un homme lourdaud, au teint rouge, qui n'était plus de la première jeunesse. Il jouait parmi les villageois un rôle effacé, sa seule particularité visible étant son obésité: il avait un ventre qui, pour les travaux des champs ou à l'étable, se révélait un sévère handicap. Dans les mauvais jours, il avait le souffle coupé au moindre effort. Or, la veille avait été une de ces mauvaises journées: les pentes les plus douces lui étant pénibles, il avait fermé la marche de la colonne, traînard baignant dans sa sueur, uniquement préoccupé de son propre épuisement. Prolonger l'aventure aurait été au-dessus de ses forces et le seul fait de penser au trajet à effectuer pour rentrer chez lui l'essoufflait à l'avance.

Il n'avait pas échappé à Bernhardt que, la veille, quelques-uns de ses compagnons avaient ri sous cape en constatant que c'était précisément Alfred, l'éternel fatigué, qui était prêt à se joindre à lui. Les villageois s'abandonnaient avec un malin plaisir aux charmes de la moquerie méchante et ils avaient un véritable flair pour enregistrer le moindre handicap à condition qu'un autre qu'eux-mêmes en fût affligé. Que Bernhardt eût pour seul comparse un traîne-la-patte à l'haleine courte leur procurait donc une profonde satisfaction. À cela s'ajoutait que beaucoup d'entre eux avaient mauvaise conscience; tracassés par l'idée qu'il n'était peut-être pas très opportun de repousser la moisson, ils redoutaient que Bernhardt pût de ce fait se sentir supérieur à eux. Aussi leur humeur avait-elle été sensiblement améliorée quand ils eurent l'impression que la décision de Bernhardt de s'en retourner perdait en dignité du fait même que c'était Alfred qui se joignait à lui.

Les deux hommes progressèrent tout d'abord très rapidement. Alfred était de bonne volonté et semblait avoir meilleur pied et meilleur œil que Bernhardt ne l'avait craint. La perspective d'avoir à passer une seconde nuit à la belle étoile devait sans doute aussi l'effrayer. Une bonne heure s'écoula avant qu'il ne commençât à souffrir de la chaleur de plus en plus forte. Il se mit alors à émettre, d'abord de temps en temps, puis de plus en plus souvent, une longue plainte qui, malgré son côté théâtral, n'était pas le moins du monde simulée; la veille, en groupe, il avait tant bien que mal pris sur lui, mais là, seul avec Bernhardt, il ne cherchait plus à dissimuler sa détresse.

Tandis qu'ils gravissaient une colline en pente assez douce, il perdit le souffle pour la première fois.

— Ah, Bernhardt, je n'en peux plus, la chaleur est épouvantable, arrêtons-nous..., gémit-il, se comprimant le cœur d'une main et incapable de se remettre en marche avant plusieurs minutes.

À midi, ils n'avaient même pas parcouru un tiers du trajet. D'un ton énergique qui contrastait avec la faiblesse qui l'accablait, Alfred déclara qu'il avait à présent besoin d'une longue pause pour retrouver quelque force. Sans attendre de réponse, il s'affala de tout son corps massif dans les feuilles mortes. Bernhardt, qui n'avait aucune envie de se reposer, mit à profit cette halte forcée pour se mettre en quête, dans les environs, de quelque chose à manger, recherche d'autant plus nécessaire d'ailleurs qu'ils avaient depuis le matin terminé leurs dernières provisions.

Revenant un peu plus tard avec, dans ses poches, quelques champignons seulement et des faînes sèches, il trouva Alfred en train de ronfler. Il le secoua par les bras avec une brutalité dont il s'étonna lui-même. Alfred souleva pesamment les épaules de son lit de feuilles, paraissant ne pas comprendre ce que Bernhardt lui voulait, et, tout en bâillant longuement et ostensiblement, il finit par dire :

— Pourquoi donc devrais-je me tuer à marcher, nom d'un chien ? Pour ça, j'aurais tout aussi bien pu rester avec les autres…

Un quart d'heure passa en exhortations de la part de Bernhardt et en supplications de la part d'Alfred qui, plus fatigué encore après sa sieste qu'avant, aurait voulu rester allongé un moment encore. S'étant enfin remis en route, ils ne marchaient pas du tout plus vite que dans la matinée. De plus en plus nerveux, Bernhardt ne cessait de presser Alfred et le saisissait parfois à deux mains par ses hanches adipeuses pour le pousser devant lui. Alfred, alors, se contentait de le regarder d'un air désemparé, ahanant et soufflant.

L'après-midi était déjà avancé quand les deux hommes longèrent une vaste dépression, formant comme une vallée, couverte d'arbres et de hautes fougères, où se nichaient déjà, plus tôt que dans le reste de la forêt, les ombres du jour déclinant. Bernhardt se souvint que la corde contournait ce creux de terrain en décrivant une large courbe.

— Écoute, Alfred, j'ai une idée. Ne suivons plus la corde, mais coupons à travers cette dépression. Nous nous épargnerons ainsi un sacré bout de chemin, et peut-être que nous arriverons au village avant la nuit !

Alfred hésita ; les fougères ne lui inspiraient pas confiance et il avait peur de quitter le chemin en pleine lumière qui lui était quelque peu familier dans la mesure où il l'avait parcouru la veille encore. Mais, Bernhardt devenant plus acerbe et le menaçant d'une voix irritée de continuer sans lui, il finit par s'incliner.

Pour atteindre le vallon, ils devaient emprunter un versant escarpé. Alfred avait peur. N'arrivant pas à se dominer, il hésitait à se lancer dans la pente ; c'est alors que Bernhardt lui offrit l'appui de son bras. Crispés, ils entamèrent avec lenteur une descente entravée par des pierres et des racines sortant de terre. Tout à coup, les pieds d'Alfred glissèrent : d'un geste violent, il s'accrocha au cou de Bernhardt, qu'il renversa. Les deux hommes roulèrent le long de la pente. Bernhardt heurta quelque chose de dur, sentit un craquement à l'intérieur de sa poitrine, puis comme une implosion ; il resta au sol, pris de vertige, les arbres tournoyant au-dessus de lui, à peine capable de respirer, tant la douleur au niveau de ses côtes était aiguë.

Alfred se traîna à quatre pattes jusqu'à lui et demanda, bégayant d'angoisse :

— Bernhardt ? Qu'est-ce que tu as ? Je ne sais pas du tout... ce qui s'est passé. Mon pied a dérapé, je... je n'ai pas réussi à me rattraper...

Bernhardt émit un faible gémissement, un râle qui se confondit avec sa respiration heurtée. Il resta longuement ainsi, sans prononcer un seul mot, remuant spasmodiquement les lèvres, le regard figé vers les branchages au-dessus de sa tête. Puis il tenta de se redresser. Alfred trébuchait absurdement tout autour de lui et, désireux de l'aider, tirait sur ses bras et ses jambes. Bernhardt retomba par terre avec un geignement. Il finit par réussir à se remettre sur pied, mais était incapable de tenir debout sans vaciller ; lentement, souffrant à en perdre connaissance d'une brûlure dans un côté du corps, il se mit en marche, un bras posé sur les épaules d'Alfred. Leur étourdissement était tel qu'ils essayèrent d'escalader la pente qu'ils venaient de dévaler, mais ce fut peine perdue. Faisant demi-tour, ils se résignèrent à avancer en traversant le vallon.

Épaisses et régulières, les fougères, scintillant dans la lumière du soir, étaient comme une eau étale, d'un vert tendre. Des essaims de moucherons, glissant et dansant follement entre les arbres, semblaient des traînées de brume montées du sol dans l'air fraîchissant. Un vent léger se leva qui coucha les frondes des fougères et remplit le vallon d'un doux murmure rappelant le bruit de la pluie.

Pas à pas, les deux hommes progressaient. Alfred aidait son compagnon de son mieux, mais sans succès, il avait trop à s'occuper de lui-même pour être utile à Bernhardt. Parfois, perdant la cadence, il était sur le point de tomber alors qu'aucun obstacle ne se dressait devant lui, puis il conduisait Bernhardt trop près des arbres et de leurs branches basses. De temps en temps, il était obligé de s'asseoir par terre pour se reposer des fatigues de la marche; Bernhardt, alors, s'appuyait contre un arbre car il redoutait les douleurs que provoquerait le fait de s'accroupir et se relever et il ouvrait la bouche pour respirer un peu mieux.

Le soir était tombé depuis longtemps. Les frondes des fougères avaient perdu leurs contours et, telles les ailes déployées d'oiseaux gigantesques, ne se dressaient plus qu'en formes floues, fantomatiques. Elles étaient aussi beaucoup plus hautes maintenant : si, jusqu'ici, elles atteignaient tout juste les hanches des deux paysans, elles leur frôlaient à présent, avec un frou-frou, les épaules et le front. Depuis combien de temps marchaient-ils dans cet enchevêtrement de fougères et d'arbres ? N'auraient-ils pas déjà dû, en dépit de leur lenteur, l'avoir traversé depuis longtemps ? Allaient-ils en rester prisonniers toute la nuit ?

Quand l'obscurité fut totale et que les arbres, silhouettes noires et menaçantes, leur barrèrent le chemin, ils renoncèrent. Espérant que le lendemain matin, à la lumière du jour et avec des forces nouvelles, ils parviendraient à rejoindre la corde, ils s'allongèrent sur le sol. Se tournant d'un côté puis de l'autre, Bernhardt tenta avec la patience du désespoir de trouver une position qui fût quelque peu supportable – et finit par perdre connaissance. Alfred resta longtemps les yeux grands ouverts dans la nuit, incapable de trouver le repos tant l'incertitude quant à leur sort le tourmentait. Il était de plus tenaillé depuis des heures par la faim et la soif.

Au matin, Bernhardt souffrait tellement qu'il lui fut impossible de se mettre debout. Alfred s'efforça maladroitement de lui venir en aide, rassemblant toutes ses forces pour le relever, mais en vain. Bernhardt sentit une douleur lui vriller les tempes au point de lui donner des éblouissements, une toux violente le secoua, une bave chaude et rougeâtre coula sur ses doigts pressés contre ses lèvres…

Quand, au bout d'un moment, il put enfin parler, il pria Alfred de le laisser seul, de se débrouiller pour rejoindre la corde sans lui et de regagner le village. Alfred, les mains ouvertes devant sa poitrine en signe de refus, se récria :

— Non, Bernhardt, jamais je ne ferai ça! Pour qui tu me prends? Tu crois que je serais capable de te laisser tomber?

Mais Bernhardt n'en démordait pas. Il ne fallait pas qu'Alfred s'attardât davantage, le temps pressait. Même s'il restait auprès de lui, il ne lui serait d'aucun secours, car la blessure, à son côté, était trop grave.

Alfred, inondé d'une sueur brûlante et au bord des larmes, se répandit en protestations, refusant de l'abandonner, mais comme Bernhardt insistait toujours et, d'une voix cassée, lui rappelait que les femmes attendaient depuis trois jours déjà le retour de leurs maris, il céda.

En quittant son compagnon, Alfred lui serra la main très fort.

— Allez, courage, n'aie pas peur! Je ne te laisserai pas moisir ici, ça non! Je vais me dépêcher d'arriver au village et de mettre Johannes au courant. Puis nous reviendrons tous les deux te chercher. Je te le promets! Tu vas voir, nous serons de retour demain, de bon matin, au plus tard...

Alfred regardait toutefois Bernhardt avec des yeux de chien battu, n'ayant en réalité aucun espoir de le revoir vivant; il était en même temps honteux de ne pas avoir le courage de parler avec sincérité et de salir ces ultimes instants par un piteux mensonge.

Ahanant et soufflant à chaque pas, Alfred se frayait un chemin à travers les fougères. La peur, à présent, une forte peur, ne le quittait plus. Seul l'épuisement, une lassitude bienveillante qui lui embrumait l'esprit, lui permettait de la maintenir au second plan. De temps en temps, il se dressait sur la pointe des pieds pour voir au-dessus des fougères : pourquoi n'avait-il toujours pas retrouvé la corde ? Se déplaçait-il par hasard en rond ? Ou bien la dépression était-elle déjà derrière lui, l'avait-il quittée, sans y prendre garde, du côté opposé à celui de la corde ?

À midi, son cœur devint soudain douloureux dans sa poitrine. S'agrippant de la main gauche à un buisson de fougères, il essaya, de la droite, d'ôter sa chemise de l'épaule qui le brûlait. Il perdit le souffle, les arbres alentour se mirent en mouvement, approchant de lui de tous les côtés à la fois pour le broyer entre leurs troncs énormes. Rassemblant ses dernières forces, il leva le bras pour repousser les agresseurs, puis il tomba dans le vide.

DEUXIÈME PARTIE

9

UNE HISTOIRE POUR LES ENFANTS ET LES PETITS-ENFANTS

Dans la lumière du matin, les arbres jetaient de longues ombres sur le sol et la forêt semblait un décor ayant pour motif une alternance de longues rayures sombres ou éblouissantes. Des sorbiers de l'oiseleur, aux branches chargées de baies rouges, se mêlaient à présent aux hêtres : au-dessus de la tête des hommes, le toit de feuillage s'arrondissait pour former comme une prairie d'été remplie de fleurs minuscules. Rauk avait sorti de son sac une flûte sculptée dans de la corne et jouait des chants de marche ; ces airs naïfs et entraînants, connus des paysans depuis leur enfance, donnaient la cadence à leurs pas.

Ayant repris des forces durant la nuit, tous affrontaient cette nouvelle journée avec un mélange d'exubérance et de joyeuse impatience. Jusqu'à la fin de leur vie, ils parleraient à leurs enfants et petits-enfants de cette longue expédition vers l'inconnu, et ceux-ci la raconteraient à leur tour à leurs enfants et petits-enfants. Elle constituait le sommet de leur existence dans ces contrées reculées, une existence se déroulant dans une monotonie étouffante qu'aucun événement ou presque ne venait jamais rompre. Les paysans ne connaissaient guère que leur village ; le monde, pour eux, se limitait à ce coin de terre enfoui dans la forêt, avec ses quelques maisons et ses champs. C'est ici que se passait tout ce que la vie avait à leur proposer, c'est ici qu'était leur solide chez-soi, depuis leur premier cri de bébé jusqu'à leur ultime râle. Deux fois par an, au cours de l'immuable écoulement des saisons, ils se rendaient au bourg le plus proche pour y vendre leur grain et y acheter les divers produits dont ils ne pouvaient se priver. À leur retour au village, ils se sentaient épuisés, brisés, avec l'impression de s'être absentés non quelques jours, mais des semaines entières, et c'est avec un profond soulagement qu'ils retrouvaient leur foyer familier, à la manière d'un animal des bois se faufilant dans sa tanière. Ils n'entretenaient qu'épisodiquement des rapports avec les villages voisins. De loin en loin, un des hommes allait y prendre femme, un peu de sang neuf circulant de la sorte d'un endroit à l'autre ; mais, le reste du temps, on vivait côte à côte, avec une indifférence obstinée pour autrui, voire une espèce de condescendance qui se transmettait de génération en génération et se maintenait d'autant plus vivace que personne n'était en mesure de dire sur quoi elle reposait... La corde arrachait maintenant les paysans à tout cela, éveillant en eux un désir demeuré jusqu'ici caché dans les régions les plus inaccessibles de leur âme: échapper, ne serait-ce qu'une fois, à leur petit univers, couper, dans un moment de joyeuse et folle insouciance, les mille fils qui les enchaînaient à leur chez-eux.

Il leur arrivait de temps en temps de songer au village – à leurs femmes qui devaient à cette heure mourir d'angoisse, aux multiples tâches qui les attendaient et qui, contrairement à cette corde, étaient banales et compréhensibles, dépourvues de tout mystère... Mais les pensées de cette nature restaient sans effet, elles ne faisaient qu'effleurer les hommes, à croire qu'elles ne les concernaient pas. Leurs compagnes n'avaient qu'à prendre patience! Les choses étaient ainsi, les femmes ne pourraient s'y opposer, et puis, en fin de compte, ce n'était pas aussi grave que ça. Bernhardt et Alfred avaient déjà pris le chemin du retour: dans quelques heures, ce soir au plus tard, ils arriveraient au village. Ils allaient dire que les hommes se portaient bien et que les femmes n'avaient pas à s'inquiéter de leur longue absence. Et la moisson pouvait aussi attendre un peu, Rauk avait tout à fait raison: il faisait chaud comme on n'avait pas vu ça depuis des semaines, l'arrivée de l'automne n'interviendrait que dans des délais rassurants ; n'aurait-ce pas été de la précipitation de moissonner les champs par un temps aussi merveilleux ?

Chaque fois que les paysans essayaient de réfléchir à la corde, leur tête paraissait s'arrêter de fonctionner, ils éprouvaient même parfois un léger vertige physique. La réflexion n'était de toute façon pas leur fort et ils le savaient : depuis leur plus jeune âge ils avaient appris qu'il y avait un certain nombre de points à propos desquels ils n'avaient pas besoin de solliciter leur cerveau. Comment ne pas rester impuissants face à l'énigme qu'était pour eux cette corde ? Mais c'était précisément son caractère insondable qui les attirait ; la corde exerçait sur eux un pouvoir d'autant plus grand qu'elle dépassait les limites de leur entendement. N'ayant pas de prise sur elle par le biais de la pensée, il ne leur restait d'autre issue que de continuer à marcher. Tôt ou tard, l'énigme finirait bien par se résoudre ! Ils cessaient de penser, se contentant d'avancer.

Vers midi, ils observèrent une pause et partirent chasser par petits groupes. Durant leur marche du matin, ils avaient déjà remarqué que cette partie de la forêt était giboyeuse et, effectivement, c'est chargés d'un lourd butin, bécasses, tétras-lyre et lapins sur l'épaule, que tous regagnèrent le camp. Deux d'entre eux avaient même tué un chevreuil adulte qu'ils traînaient par les pattes arrière, un rictus de fierté aux lèvres. Ils auraient tous pu aisément abattre davantage de gibier, mais ils n'en avaient pas besoin ; le butin, déjà plus qu'abondant, suffirait largement pour tenir jusqu'au lendemain.

Ils firent rôtir sur un feu le chevreuil et deux bécasses, accompagnés de chanterelles cuites à l'étouffée sur des pierres chaudes, des airelles rouges et des noisettes vertes complétant le repas. Tout en le dévorant à belles dents, ils se racontaient leur chasse à grands cris :

— J'ai touché le tétras-lyre en plein vol, au beau milieu des troncs ! Le fumier a cru réussir à m'échapper comme ça, mais je lui ai envoyé de mes nouvelles, par-derrière, en plein dans le cul !

— Des lapins, y en avait des flopées ! À ne pas croire ! Jamais j'en avais tant vu ! Ils filaient dans tous les sens, dans les taillis. J'aurais pu tirer toutes mes flèches !

— Ah oui ? De toute façon, tu les tires toujours toutes, sans jamais rien rapporter à la maison !

Quand ils reprirent leur marche, la forêt n'était plus que chaleur et beauté. Les airs que Rauk jouait sur sa flûte, avec leur rythme lent et méditatif, s'accordaient à merveille à l'atmosphère paisible de ce début d'après-midi. Les hommes marchaient d'un pas lourd, certains s'appuyant sur des bâtons taillés dans des branches. Chacun ne voyait que la nuque de celui qui le précédait, rarement son visage, si bien qu'il était proche de ce compagnon, tout en étant seul avec lui-même. Ils dépendaient les uns des autres; tous, sensibles à la légère aspiration exercée par la colonne en marche, étaient libres de s'abandonner à une douce somnolence et au rêve sans cesser un seul instant d'être entraînés dans son sillage. Il était à peine nécessaire de prêter attention au chemin, il suffisait de garder la corde en vue dans une semi-inconscience, d'obéir à la cadence régulière des pas et d'accepter de n'être plus qu'un maillon de la chaîne.

Tard dans l'après-midi, l'ombre envahissant la forêt, ils tombèrent sur un étang. Rond, d'un beau vert sombre, il était blotti parmi les arbres. Des libellules zigzaguaient au-dessus de l'eau scintillante, tachetée de nénuphars. Les paysans s'offrirent un repas qui n'avait rien à envier au plantureux festin de midi; ensuite, l'estomac et l'esprit lourds, ils s'allongèrent dans l'herbe moelleuse de la rive, savourant la tiédeur humide accumulée à l'abri des feuillages qui encerclaient l'étang.

Rauk s'assit à l'écart des autres, sur une souche, sortit de son sac des feuilles et de quoi écrire, et commença à prendre des notes. S'en apercevant, les paysans échangèrent des regards où se mêlaient l'étonnement et un amusement niais: une fois de plus, ils ne purent s'empêcher de hocher la tête à propos de cet être étrange avec lequel ils ne partageaient rien au monde, à l'exception de la fascination que la corde exerçait sur lui aussi.

Plus tard, Raimund et trois autres se baignèrent dans l'étang. L'ombre avait gagné du terrain, chassant toute lumière de la surface ronde. L'eau, peu profonde, ne leur arrivait qu'à la poitrine ; aucun ne sachant nager, ils se contentèrent de patauger, d'abord avec une légère gêne, puis aussi joyeusement que des enfants : ils ne tardèrent pas à essayer de se faire des crocs-en-jambe, de s'enfoncer mutuellement la tête sous l'eau… Thor et Hetzer se jetèrent eux aussi dans l'étang, nageant au milieu des hommes et laissant derrière eux un sillage d'écume. Il n'émergeait de l'eau qu'une partie de leur dos musculeux ainsi que leur cou qui, tendu vers l'avant et supportant une tête massive, leur donnait l'apparence de monstres bizarres, d'êtres n'existant nulle part ailleurs sur cette terre.

10

Violence

Quoique souffrant de la chaleur qui avait encore augmenté depuis la veille, les hommes, de joyeuse humeur, progressaient dans une partie moins dense de la forêt. Michael, qui ouvrait la marche, s'arrêta soudain en poussant un cri; chacun leva la tête, Rauk cessa de jouer de son instrument et, tous ayant l'un après l'autre rejoint l'homme de tête, ils formèrent une petite grappe humaine.

Non loin d'eux, à demi masqués par l'entrelacs des branches, se profilaient des pignons et des toits couverts de chaume: un village en pleine forêt, surgi là comme par enchantement. Les paysans se remirent en marche en hésitant, déconcertés de tomber sur un lieu habité, eux qui, depuis plusieurs jours, n'avaient aperçu âme qui vive. La corde partait en ligne droite vers le village, puis, peu avant les premières maisons, décrivait une courbe pour disparaître à nouveau dans les profondeurs de la forêt.

La troupe fit halte au bord d'une prairie. Une dizaine de maisons en bois, aux volets clos, étaient groupées là, sous le grand soleil de midi. Entre elles, l'herbe qui n'avait pas été fauchée depuis longtemps était haute, survolée par des essaims de mouches bourdonnantes. Un vieux tilleul, au-dessus de tables et de bancs, paraissait écraser les toits de son ombre. On ne voyait personne; au-delà d'une clôture à claire-voie émergeant à peine des herbes les plus hautes s'étendait une pâture où aucune bête ne broutait.

Les hommes, ayant l'impression de se trouver devant un seuil qu'il leur serait interdit de franchir, hésitaient à s'approcher des maisons. Les dogues, imperméables à ce genre d'inhibitions, traversèrent l'herbe par grands bonds élastiques, poussant des aboiements rauques qui résonnèrent contre les murs. Puis ils se mirent à renifler le bas des portes et les volets. Tendus, les hommes attendirent de voir si ce raffut allait faire apparaître quelqu'un, mais rien ne bougea. Thor et Hetzer finirent par s'immobiliser, regardant à gauche et à droite, les oreilles dressées, comme ayant perdu leur latin, et se demandant certainement ce qu'il convenait de faire en pareille circonstance.

Se risquant hors de la forêt, les paysans traversèrent la prairie sans mot dire. Ils ne quittaient pas les maisons de l'œil, cherchant à y découvrir le moindre indice susceptible de les aider à résoudre le mystère pesant sur le village. Le vent avait amassé devant les portes les feuilles mortes de l'automne précédent, ou bien, les accumulant en hauteur contre les murs, avait formé des tas aux contours arrondis. Des champignons rouges, semblables à des éponges imbibées de sang, proliféraient dans le bois des maisons ; des toiles d'araignées, contre les volets, s'abaissaient ou se soulevaient au rythme du vent. La nature entreprenait de premiers pas, encore empreints de prudence, pour reprendre possession du village.

Habités du sentiment d'enfreindre un tabou, les paysans ouvrirent les portes qui n'étaient pas fermées à clé. Une odeur putride les saisit à la gorge. Lentement, luttant contre le dégoût, ils entrèrent dans les pièces obscures. Des meubles grossiers, comme figés sous l'effet de la surprise, surgirent de la pénombre. Il régnait partout un ordre impeccable, si grand qu'il en paraissait artificiel. Les tables étaient toutes soigneusement nettoyées, les portes des armoires et les tiroirs fermés, rien ne traînait par terre. Avant de quitter leurs demeures, les habitants les avaient rangées avec un soin méticuleux, peut-être pour retarder le moment des adieux, peut-être aussi pour tenter de surmonter leur douleur en se livrant à une activité inutile.

Quelque temps plus tard, les hommes se regroupèrent sous le tilleul. Après avoir débarrassé les bancs d'une épaisse couche de feuilles en putréfaction et fauché à grands coups de bâton l'herbe qui poussait ici aussi avec vigueur, ils prirent place sous l'arbre. Une conversation pleine d'embarras s'engagea; aucun d'eux ne parvenait à s'expliquer ce qui avait bien pu se passer ici, jamais personne n'avait entendu dire qu'un des villages disséminés dans les forêts de la région avait été abandonné par ses habitants. Bientôt, tous n'eurent d'oreille que pour le silence qui semblait parler d'un grand malheur, un malheur intervenu il y avait fort longtemps et dont ne subsistait nulle trace hormis ce silence même.

Michael frappa de la main sur la table en se forçant à un maigre sourire :

— Bon, moi, j'en ai assez comme ça. Allez, partons ! À quoi bon traîner plus longtemps ici ?

Des grognements d'approbation saluèrent de toutes parts sa déclaration. Les paysans avaient hâte de quitter ce lieu mystérieux et oppressant. Même le fait d'être assis sur des bancs humides et noirâtres une fois débarrassés de leur couche de feuilles leur répugnait.

— Tu as parfaitement raison, Michael, dit Rauk, il faut partir. Mais, avant de nous en aller, jetons encore un coup d'œil dans les maisons ! Peut-être y trouverons-nous des objets utiles.

Sous le coup de l'étonnement, toutes les têtes se tournèrent dans sa direction. Une telle idée n'était jusqu'ici venue à personne ; certains, qui rassemblaient déjà leurs affaires, se figèrent.

— Qu'est-ce que tu veux dire par là, Rauk ? demanda une voix. Que nous devrions aller de maison en maison ? Nous remplir les poches ? Comme des voleurs ?

Les paysans prirent un air indigné, la mine de gens à qui l'on fait des propositions déshonorantes. Raimund cracha bruyamment dans l'herbe, personne ne sachant s'il se contentait ainsi d'obéir à son habitude ou s'il entendait exprimer ce qu'il pensait de l'idée de Rauk.

— C'est bon, c'est bon, dit ce dernier avec un sourire ne trahissant que le sentiment de sa supériorité. Je sais bien ce que vous avez dans la tête. Vous répugnez à entrer dans des maisons abandonnées, vous ne voulez pas marcher dans des pièces qui ne vous appartiennent pas. C'est bien compréhensible et cela vous honore.

— Grand merci ! dit quelqu'un d'un ton sec qui n'avait rien d'habituel.

Rauk se leva de sa place et, ce qui le fit paraître plus chétif encore, se plaça devant le tronc épais du tilleul afin de pouvoir embrasser du regard ses compagnons assis ; il était manifeste qu'il s'apprêtait à prononcer une nouvelle allocution. Faufilant son corps massif entre les bancs, Hetzer s'approcha et prit place à ses côtés, à la manière d'un garde du corps ; passant d'une patte sur l'autre, il attendit avec gravité les paroles qu'allait prononcer son maître.

— Les gars, parlons de ce village à cœur ouvert. La hauteur de l'herbe et de nombreux autres détails nous prouvent que les paysans qui habitaient ici en sont partis depuis fort longtemps. « Personne n'habite plus ici », telle fut la première idée qui m'est venue quand, de la lisière de la forêt, j'ai aperçu ces maisons. Et, quand j'ai jeté un œil dans les pièces obscures, j'ai su que je ne m'étais pas trompé. Les paysans d'ici ont quitté leurs maisons, leurs prés et leurs champs pour une très longue durée, si ce n'est pour toujours. Il n'y a pas l'ombre d'un doute, chacun peut le toucher du doigt : ce village est mort, il n'est plus qu'un amas d'habitations sans vie – ce *fut* un village, mais ce n'en *est* plus un.

« En partant d'ici, les paysans ont laissé derrière eux tous leurs biens, les ont abandonnés, indifférents à ce qu'il leur adviendrait. Ce qui arrivera aux objets demeurés dans le village, vous le savez aussi bien que moi : ils vont s'abîmer, ils sont voués à une dégradation inexorable. Nous voyons d'ailleurs déjà cette dégradation à l'œuvre en maints endroits. Prenez cette maison, là-bas (il appuya son propos d'un petit geste de l'avant-bras n'indiquant aucune direction précise) : quand j'y suis entré, j'ai mis en fuite toute une armée de souris, les unes réfugiées sur la table, les autres sautant des chaises. Elles avaient déjà à moitié rongé un tapis de laine. C'est clair : tôt ou tard, tout subira le même sort dans ce village fantôme, tout sera la proie des souris, des cafards et des vers... Alors, je vous pose la question: à qui sera-t-il utile que cela se produise? Pourquoi ne nous serait-il pas permis d'emporter telle ou telle babiole qui possède encore quelque valeur? Aurions-nous réellement quoi que ce soit à nous reprocher si nous préservions de l'anéantissement un de ces objets? Croyez-moi: ce que nous trouvons ici est un bien vacant, qui n'appartient plus à personne. Et on ne peut enlever à qui que ce soit ce qui n'appartient à personne!

« Et, les gars, nous ne devons pas oublier une chose: l'équipement avec lequel nous sommes partis voici trois jours laisse à désirer sur plus d'un point: nous ne disposons absolument pas de tout ce qui nous serait nécessaire pour une pareille expédition. Il y a pas mal d'ustensiles dont nous ressentons l'absence. Ici, ce village mort nous offre l'occasion de combler au moins les lacunes les plus dommageables de notre bagage. Qu'en pensez-vous? N'avons-nous pas besoin, au minimum, de quelques assiettes et de quelques couverts? De flèches pour nos arcs? Et de couvertures chaudes pour les nuits? Si nous voulons mener notre expédition à bon terme, nous avons tout simplement le devoir d'emporter ce qui nous manque. S'y refuser serait commettre une grande imprudence dont nous ne tarderions peut-être pas à nous repentir.

« Et s'il y a parmi vous quelqu'un qui hésite encore malgré tout, qu'il se dise bien une chose : nous ne sommes pas obligés de conserver éternellement ce que nous emportons aujourd'hui. Au retour, nous passerons à nouveau par ce village ; chacun sera libre alors de remettre à leur place les objets qu'il aura brièvement utilisés. Qui sait, peut-être serons-nous revenus ici dès demain matin ! Tout n'aura donc été qu'un bref emprunt pour une bonne cause. Même le plus scrupuleux d'entre vous ne saurait y trouver à redire ! »

Les paysans essayèrent de remettre de l'ordre dans leurs pensées, qui tanguaient de tous bords. Ils n'étaient bien sûr pas du tout persuadés que le devoir commandait impérativement de fouiller les maisons à la recherche de matériel utilisable. Mais la réticence qu'ils avaient initialement ressentie avait perdu de sa vigueur et tous se gardèrent bien d'exprimer leurs doutes à haute voix, car tout ce qu'ils auraient pu dire ne serait apparu que comme de piètres balbutiements après la harangue de Rauk. Les plus nombreux passaient déjà en revue silencieusement ce qu'ils avaient vu traîner dans les pièces et, effectivement, il leur vint à l'esprit un certain nombre de choses qu'il aurait été dommage de laisser dévorer par les souris, les cafards et autres candidats à la curée.

Quand, s'étant raclé la gorge, Michael eut déclaré dans un silence chargé d'attente :

« Ma foi, Rauk, ça me paraît assez bien dit. Tu as raison : pourquoi devrions-nous laisser s'abîmer tout ce barda ? », il ne se trouva personne pour élever la moindre objection. Quelques-uns approuvèrent de la tête avec autant de conviction et de résolution que, quelques minutes auparavant, ils avaient, de la tête aussi, exprimé leur désaccord. Hetzer galopa allègrement tout autour du tilleul, fouettant l'herbe de sa queue, d'avance heureux d'on ne savait quoi. Étirant bras et jambes, les paysans jetèrent des regards en direction des maisons, la mine grave, comme s'il s'agissait d'entreprendre un travail qui, certes, n'avait rien de réjouissant, mais auquel – hélas – il était impossible d'échapper.

Les hommes se dispersèrent dans le village. Ils commencèrent par ouvrir toutes les portes et toutes les fenêtres pour aérer les pièces, y laisser pénétrer la lumière et faciliter ainsi la tâche qui les attendait. Puis ils passèrent le village au peigne fin, maison après maison, étable après étable, remise après remise. Pendant un petit moment, ils furent encore assaillis de doutes, ayant l'impression qu'à tout moment, venue de nulle part, une voix allait leur crier :

— Non ! Arrêtez ! Qu'est-ce que vous faites là ?

Mais plus ils cherchaient, plus ils s'enhardissaient, et plus il leur était facile de se débarrasser de ces scrupules. Ils réussirent bientôt à se consacrer sans frein à leur travail.

Pas une porte d'armoire qu'ils n'eussent ouverte, pas un tiroir qu'ils n'eussent tiré, pas un coffre qu'ils n'eussent fouillé. Ils firent aussitôt disparaître dans leurs poches tel ou tel menu objet, en portant sous le tilleul, à l'emplacement prévu à cet effet, d'autres dont ils n'avaient pas eux-mêmes l'usage mais qui leur paraissaient assez précieux pour être emportés. Le village avait retrouvé une certaine animation, une vie nouvelle emplissait les maisons abandonnées ; de larges passages ne tardèrent pas à se former dans l'herbe entre les portes et le lieu de dépôt du butin, facilitant ainsi la marche et le transport.

Ayant ôté sa chemise et retroussé les jambes de son pantalon jusqu'au-dessus des genoux, Raimund mettait de l'acharnement à l'ouvrage. Il trouva dans l'une des maisons, caché dans un recoin obscur et cadenassé, un coffre en orme. Se disant qu'il devait y avoir là-dedans quelque chose de particulièrement précieux à emporter, il secoua frénétiquement le lourd couvercle qui refusa de céder. Sans réfléchir davantage, il sortit en courant et prit une hache parmi les trésors entassés sous le tilleul. Revenu dans la pièce, il assena au coffre des coups si violents qu'ils retentirent dans tout le village. Un de ses compagnons qui passait devant la maison – avec, sous les bras, une chope à bière en grès au couvercle d'étain, un coffret à bijoux en bois muni d'un couvercle à bordure d'argent ainsi qu'une veste à col de fourrure – et qui, curieux, jeta par la fenêtre un coup d'œil à l'intérieur eut encore le temps de voir le cadenas du coffre tomber à terre à grand bruit sous un dernier coup de hache. Un éclat brûlant dans l'œil, Raimund souleva vivement le couvercle, mais le coffre était presque vide : il ne contenait que quelques chemises de nuit en lin, d'un rose tendre, soigneusement pliées et empilées, et un sachet de fleurs de thym odorantes.

— Nom de Dieu ! s'écria Raimund. Des chemises de bonne femme ! Des chemises de bonne femme ! Mais c'est pas vrai ! Où ces gens ont-ils caché leurs objets précieux ?

L'autre paysan entra dans la pièce, qui empestait la sueur en dépit du courant d'air entre les fenêtres. Il commença par poser ses trésors à l'écart, sur une petite table, afin de les protéger des gestes violents de Raimund, puis, se postant au milieu de la pièce, il leva le nez comme pour prendre le vent tout en laissant glisser son regard avec lenteur et précision sur chacun des meubles. Ensuite, clignant de l'œil d'un air rusé :

— Peut-être qu'ils les ont cachés sous le plancher ? suggéra-t-il.

Hors d'haleine, Raimund tenait la hache devant sa poitrine couverte d'une forêt de poils blonds. Il jeta à l'autre paysan un regard étonné :

— Nom de Dieu, c'est pas bête. Tu as peut-être raison !

Le sol de la pièce était constitué de longs madriers. Raimund leva la hache haut au-dessus de sa tête et la planta si violemment dans le bois que des éclats volèrent dans toutes les directions ; son compagnon sauta en arrière et, se protégeant les yeux derrière ses bras, se blottit contre une armoire. Les coups de hache se succédèrent sans relâche sur les planches, des tremblements et des craquements envahirent le petit espace, les carreaux des fenêtres vibraient et les meubles se déplaçaient avec des grincements. Entre les coups, sous l'effet de la fatigue ou du plaisir, Raimund poussait un grognement rauque, de petits copeaux collés contre sa toison de plus en plus trempée de sueur. Les madriers en chêne, solidement cloués, refusaient de céder. Raimund arrêta son geste pour défier du regard le plancher, comme s'il avait affaire à un ennemi qui lui opposait une résistance inattendue.

— Nom de Dieu, ce n'est pas possible comme ça, cria-t-il. La hache n'est pas assez lourde ! C'est une barre de fer qu'il me faut. Il y en a une dehors, sous l'arbre. Apporte-la-moi – vite !

— D'accord, j'arrive…

Le paysan fut à la porte en un seul bond, comme si, n'ayant attendu que cet ordre, il était heureux de cesser d'être spectateur passif et de pouvoir enfin apporter une contribution utile au spectacle. Trente secondes ne s'étaient pas écoulées qu'il était de retour sur le seuil, arborant le sourire de l'auxiliaire efficace, une lourde barre sous le bras.

— Passe-la-moi ! brailla Raimund en crachant dans ses mains en feu.

Enfonçant la barre entre deux planches, il l'inclina vigoureusement dans tous les sens, le bois cédant alors avec force craquements et grincements. Raimund se baissa, souleva le madrier ainsi disjoint et le balança de côté sans se soucier du fracas. L'autre paysan s'agenouilla, regarda dans le trou en clignant des yeux et secoua la tête.

— Non, rien ! Rien d'autre que des saletés, nom d'un chien...

Sans se laisser arrêter, Raimund s'attaqua à la planche suivante, d'abord avec la hache, puis avec la barre, et, toussant et criant d'épuisement, finit par la soulever elle aussi. Son compagnon, déjà sur place, inclina la tête si bas vers l'avant que la pointe de son menton touchait le sol.

— Toujours rien. Mais c'est pas possible, sacré nom de Dieu !

Raimund jeta alors de côté la barre pour reprendre la hache. La déception ne fit qu'augmenter sa cupidité, semblable à une bête enragée qui, enfermée dans une cage, sauterait frénétiquement en tous sens, tentant de forcer les barreaux.

— Tu vas voir ! Nous allons bien trouver quelque chose ici, je te parie ce que tu veux !

Quand bien même je devrais pour cela réduire toutes les planches en miettes.

Avisant une chaise non loin de lui, il se jeta dessus avec fureur et jouissance, lui balançant un coup de pied qui la projeta au milieu de la pièce. Il la poursuivit comme si elle tentait de fuir son tortionnaire et la cassa en deux d'un seul coup de hache.

11

La fin de l'attente

Les femmes continuaient à monter la garde à l'orée de la forêt. Elles ne disaient toujours presque rien. De quoi d'ailleurs auraient-elles pu encore parler ? À quoi bon perdre ne serait-ce qu'un mot pour évoquer les petits détails quotidiens de la vie au village alors qu'elles n'avaient pas la force de parler de cela – qui n'était ni petit ni quotidien ? Elles restaient donc assises sur les bancs, muettes et patientes, s'abandonnant à leurs pensées qui suivaient toujours le même cours, livrées à la douleur de l'attente. Quand, à travers les troncs, elles sondaient du regard l'intérieur de la forêt, ce n'était pas dans l'espoir de voir revenir les hommes en cet instant, mais sous l'effet d'une habitude, maintenant mécanique, dont la seule utilité était de remplir un excès de temps libre.

Les tables et les bancs qu'on avait transportés jusqu'ici se révélaient fort pratiques. À l'ombre de la forêt, la chaleur dont l'haleine brûlante était perceptible dès le petit matin était tout à fait supportable. À midi, sans quitter leur poste, les habitantes de garde pouvaient prendre leur repas, tiré de paniers apportés de chez elles, dans lesquels elles avaient mis des fruits, des miches et de petits pots de beurre. Des enfants se traînaient sur le sol, entre les jambes de leurs mères, quémandant des morceaux de pomme. Les femmes âgées avaient apporté leur nécessaire à couture et ravaudaient du linge de corps; certaines épluchaient des carottes et du chou-rave pour la soupe du soir. La vie domestique s'était déplacée à l'extérieur. On aurait dit, à voir ces tables et ces bancs, une salle de ferme en plein air.

Le soir, les villageois plantaient dans le sol de la prairie des flambeaux tout autour des tables. Les flammes s'élevaient dans l'obscurité grandissante, projetaient une lueur vacillante sur les troncs des arbres les plus proches et tiraient par instants de l'ombre les silhouettes immobiles, blotties sur les sièges. Entourées de ces flambeaux, les femmes avaient le sentiment d'être protégées, elles étaient soulagées de voir les flammes tenir les ténèbres à distance et enlever un peu de sa menace à la nuit qui venait, une nuit qui serait longue et qu'elles redoutaient. Elles pouvaient aussi s'imaginer envoyer par ces lumières un signe à ceux qu'elles chérissaient: si jamais les hommes devaient arriver au crépuscule à quelque distance du village, ils verraient de loin la lumière des flambeaux. Elles savaient naturellement fort bien que l'idée était absurde, puisqu'elles s'étaient dit plus de cent fois déjà qu'ils ne se risqueraient pas à avancer dans l'obscurité. Mais l'angoisse qui les oppressait tout particulièrement le soir, leur soif d'espoir et leur besoin d'être consolées étaient si impérieux que même les idées les plus saugrenues les réconfortaient.

La corde était là, comme au premier jour, objet dénué d'importance et n'attirant pas l'attention, difficile à déceler dans l'herbe drue qui avait encore poussé durant ces dernières journées. Un étranger qui l'aurait aperçue incidemment n'aurait jamais imaginé qu'elle pût avoir une histoire particulière. C'était une corde – voilà tout. Quelqu'un l'avait certainement oubliée là, à moins que des enfants eussent joué avec.

Chaque fois qu'elle le pouvait, Agnès se retirait chez elle. Elle voulait affronter seule ses craintes et sa tristesse : sur les bancs, à la lisière de la forêt, il lui aurait à coup sûr été plus difficile de garder son équilibre mental, les présences muettes l'auraient privée d'une partie des forces dont elle avait à présent un besoin si pressant – pour le nourrisson dans son berceau, dont le père ne revenait pas, pour le blessé Uli qui requérait ses soins du matin au soir, et parfois jusque tard dans la nuit; pour tout ce qui allait advenir et qu'elle n'osait encore imaginer dans tous ses angoissants détails.

Cela la réconfortait de n'être entourée, chez elle, que d'objets qui lui rappelaient Bernhardt. Près de la fenêtre, il y avait la chaise à trois pieds sur laquelle, la veille au soir de l'expédition, déjà somnolent, les paupières lourdes, il l'avait regardée donner le sein. Depuis, elle n'avait pas changé le siège de place; le coussin portait encore l'empreinte du dos de Bernhardt et, parfois, elle jouait avec l'idée qu'il lui suffirait de caresser l'étoffe pour sentir un dernier soupçon de la chaleur de son corps. Sa pipe en terre blanche était posée sur l'appui de la fenêtre; de temps à autre, la journée, elle la prenait, respirait l'arôme âcre et épicé du tabac qu'elle aimait tant, observant les minuscules entailles que les dents de Bernhardt avaient creusées dans le bec.

La chaise, la pipe et tant d'autres détails ravivaient, avec une précision infaillible, le souvenir du disparu. Il lui arrivait même de s'adonner à la douce illusion que Bernhardt n'avait pas du tout disparu, mais qu'il était simplement sorti un instant de la pièce: bientôt, il allait réapparaître sur le pas de la porte, s'approcher d'elle en faisant craquer le plancher, aux lèvres ce sourire qu'elle aimait, un sourire qui n'était ni de ce village, ni de ce monde.

Tôt dans la soirée, quand l'obscurité gagnait la pièce, Agnès était tout à coup envahie par l'inquiétude. Le sentiment de sécurité qui l'habitait jusque-là l'abandonnait et cédait la place à une sensation d'oppression, une peur insidieuse dont elle ne parvenait pas à se défaire. Rien, soudain, ne lui paraissait plus absurde que de s'enfermer dans l'étroitesse de ses quatre murs. Prenant Élisabeth dans ses bras, elle sortait.

Elle traversait la prairie, se dirigeant vers les bancs du pas vigoureux qu'elle conservait même en ces circonstances. Personne ne se retournait vers elle; ceux qui attendaient ne l'avaient peut-être même pas aperçue, à moins que la monotonie de l'attente les ait endormis. Des lumières incertaines jouaient sur l'herbe où la corde se cachait. Agnès se disait qu'en cet instant, quelque part au fond des bois, Bernhardt et les autres avaient établi leur campement près de cette même corde. Où cela pouvait-il bien être ? Ligne sinistre et inquiétante, elle s'étirait jusqu'aux hommes à travers l'immensité nocturne. Peut-être lui suffirait-il de la fixer du regard avec assez d'insistance pour entrer en contact avec Bernhardt ? Peut-être sentirait-il qu'elle essayait d'être proche de lui en dépit de la terrible distance qui les séparait ? Qu'elle lui envoyait un signal en mobilisant toutes ses forces spirituelles ?

Dans l'obscurité, sa bouche se tordait en un sourire forcé. La longue attente semblait avoir raison d'elle ! Elle la privait de sa lucidité ! Comment pouvait-elle sérieusement croire que cette corde avait le pouvoir de la rapprocher de Bernhardt, de combler l'abîme qui s'était ouvert entre eux ?

Uli allait mieux à présent. Depuis peu, la fièvre avait baissé et l'on n'entendait plus, quand il respirait, les légers raclements et ronflements qui avaient tant tourmenté Agnès et l'avaient parfois contrainte à se boucher les oreilles. À présent, il était éveillé la plus grande partie de la journée, regardant autour de lui avec une attention accrue, croisant sur la couverture ses mains pâles et – selon les normes du village – frêles. Il commençait à retrouver le sourire de totale satisfaction qui était inné chez lui et qui avait temporairement déserté son visage.

Le matin même, il s'était pour la première fois adressé à Agnès en formulant des phrases cohérentes. Tandis qu'elle s'activait au fourneau, le dos tourné, il lui avait demandé d'une voix encore faible, les mains croisées derrière la nuque dans une attitude exprimant un premier semblant de bien-être :

— Dis-moi, Agnès. Où est Bernhardt ?

Elle n'avait pu réprimer un mouvement brusque de la tête. Les yeux obstinément baissés, elle avait feint de ne pas avoir entendu la question, ce qui était impossible dans une pièce aussi exiguë.

— Où peut-il bien être ? avait répété Uli d'un ton détendu, comme s'il poursuivait une conversation qu'ils n'auraient que brièvement interrompue. Je ne l'ai pas encore vu aujourd'hui. Est-il dehors, au travail ? Ah, j'ai dû dormir longtemps, il est certainement déjà midi.

Agnès avait senti sa respiration s'accélérer et une sensation de chaleur envahir ses yeux. Que lui répondre ? Il était encore bien faible, la fièvre persistait, il valait certainement mieux lui éviter des émotions ; elle devait gagner du temps, éluder sa question…

— Bernhardt n'est pas là, dit-elle. Il est… parti.

— Parti ? Qu'est-ce que tu veux dire ? Dehors, aux champs ?

— Non, il n'est pas aux champs. Bernhardt est… parti en forêt.

— Ah bon ! Qu'est-ce qu'il fait là-bas ?

— Il est… Tu vois, il…

— Il est parti chasser ? Ou chercher du bois ? Juste maintenant, en pleine moisson ?

Agnès s'était mordu la lèvre inférieure. Elle n'avait pas la force de supporter ce jeu. D'ailleurs, à donner ainsi le change à Uli, elle éprouvait du dégoût, une sorte de honte, le sentiment de commettre un acte indigne d'elle. Elle s'était retournée brusquement vers lui :

— Bernhardt est parti dans la forêt pour découvrir ce que signifie cette histoire de corde.

Retirant les mains de derrière la nuque, Uli les avait tenues en l'air, à gauche et à droite de son corps, comme pour attraper un objet lancé par Agnès.

— Hein ? Mais…

Agnès, portant son tablier à son visage, s'était essuyé les yeux.

— C'est comme je te le dis, Uli. Et, si tu veux en savoir davantage : ce n'est pas aujourd'hui que Bernhardt est parti dans la forêt, mais il y a quatre jours. Depuis, je l'attends…

Uli avait ouvert la bouche, les mains immobiles toujours en l'air, prêtes à attraper.

— Mais… Ce n'est pas possible qu'il reste aussi longtemps dans cette forêt… Quatre jours ! Il faut que quelqu'un parte sur ses traces, à sa recherche ! Qu'est-ce que les autres en disent ?

Agnès, alors, n'avait pas réussi à retenir ses larmes plus longtemps.

— Hélas, Uli ! Bernhardt n'est pas parti seul dans la forêt. Tous… tous sont allés avec lui ! Il n'y a que nous, les femmes, qui soyons restées au village, de même que les vieux et les enfants.

La pomme d'Adam d'Uli dansait sous son menton. Il avait semblé vouloir poser une autre question à Agnès, mais, se contentant de hocher la tête, il avait laissé ses mains retomber lentement sur la couverture.

Il passa le reste de la matinée sans rien dire et sans presque bouger. Les mauvaises nouvelles parurent redonner vigueur à sa maladie : à plusieurs reprises, il sombra dans une somnolence mêlée de gémissements et, sur son visage, se manifestèrent à nouveau des convulsions évoquant des accès de démence. Quand il s'éveillait un court instant, il gardait le regard fixé sur le plafond bas, avec dans les yeux une expression méditative, sans qu'Agnès fût pour autant certaine qu'il méditait vraiment.

Cet état dura jusqu'au lendemain matin. Un changement intervint alors : Uli retrouva un peu de vie, Agnès l'entendait bouger sous sa couverture et il donnait de moins en moins l'impression d'être accablé par la disparition des hommes du village. De temps en temps, il interrogeait Agnès sur des détails de la vie quotidienne, questions qu'il aurait pu aussi bien lui poser si rien d'inhabituel ne s'était produit. Agnès était étonnée, car elle n'avait jamais pensé qu'il fût capable d'autant d'insouciance ; elle lui répondait néanmoins avec patience. Elle lui était reconnaissante de chaque question, comme s'il s'agissait d'une tâche nouvelle à laquelle elle pouvait se vouer consciencieusement.

À présent, Agnès sentait à longueur de journée qu'Uli était éveillé. Tant qu'il avait été inconscient, elle avait eu l'impression d'être seule ; elle ne pouvait désormais à aucun moment oublier qu'elle hébergeait quelqu'un sous son toit. Il avait demandé à avoir un second oreiller sous la tête et, depuis des heures, ne faisait rien d'autre qu'examiner tous les détails de la pièce avec une tranquille curiosité que rien ne pouvait assouvir et que ne venait tempérer aucune inhibition. Quand elle était occupée non loin de lui, Agnès voyait ou devinait qu'il laissait errer sur diverses parties de son corps ses jolis yeux fatigués ; dès qu'elle bougeait de quelques pas, il tournait la tête sur l'oreiller, sans façon et avec précision, afin de ne pas la perdre du regard.

Agnès fut gagnée par une gêne quand elle se rappela qu'hier, Uli étant à demi inconscient, elle lui avait tenu la main avec la tendresse d'une mère, lui avait chuchoté à l'oreille des mots apaisants. De tout cela il ne pouvait plus être question. Au contraire, désireuse d'offrir à son hôte un aspect soigné, elle se surprenait assez souvent à se lisser les cheveux d'un geste de la main qui se voulait fortuit. Récemment encore, elle avait donné le sein à la petite Élisabeth au milieu de la pièce ; désormais, elle se retirait avec sa fille dans la pièce attenante, tandis que le malade la suivait obstinément d'un regard enregistrant le moindre détail. Elle était en même temps confuse de sentir une rougeur brûlante lui envahir les joues. Mais ne pouvait toutefois s'empêcher de s'étonner de son propre comportement : comment était-il possible que, dans sa vie, en dépit de tous les événements, il y eût toujours place pour des gênes et des embarras de jeune fille ? Cela cesserait-il un jour ?

Johannes, quant à lui, poursuivait son manège maladroit, cherchant avec la même obstination vaine que le premier jour à jouer le rôle de l'homme fort auprès duquel les femmes pouvaient trouver ce qui leur était à présent le plus nécessaire : un appui dans le besoin. Pourtant, quand il accomplissait ses rondes dans le village, le sentiment d'être un personnage fâcheux l'accablait maintenant de moins en moins fréquemment. Il constatait avec satisfaction que les regards fielleux qui le frappaient aussi durement qu'une chiquenaude donnée à l'improviste se faisaient plus rares. Il en était heureux tout en ne sachant pas très bien, tant il manquait d'assurance, ce qu'il devait en penser. Peut-être les femmes avaient-elles tout simplement trop d'autres sujets de préoccupation en tête pour lui prêter attention ? Ou bien son autorité, à l'origine si peu prise en considération, était-elle en train de grandir ? Car tout de même, à chaque jour écoulé sans que les hommes reviennent, les femmes devaient forcément de plus en plus apprécier d'avoir conservé au moins *un* homme !

Il ne considérait désormais plus comme une humiliation, mais au contraire comme le plus grand bienfait dont il eût jamais bénéficié dans son existence, le fait que la pièce de monnaie, l'autre soir, l'avait désigné, lui, pour être l'homme chargé de rester au village. Plus grandissait la probabilité qu'il fût arrivé malheur à ceux qui étaient partis dans la forêt, plus il était heureux de n'avoir pas pris part à l'expédition et de pouvoir poursuivre son existence paisible et familière, à l'abri de tous les aléas. Il était toujours plus disposé à s'adonner à cette satisfaction, à la savourer avec une délicieuse méchanceté. Le soir, il se rencognait dans son fauteuil à l'épais rembourrage, s'offrait un ou deux petits verres du cidre fabriqué par ses soins et s'abandonnait à l'idée qu'il l'avait échappé belle, et à un sentiment qui lui faisait chaud au ventre : c'était *lui* qui riait le dernier.

Le soir du cinquième jour, les villageois étaient de nouveau tous réunis à l'orée de la forêt. Cette fois, au lieu de rester assis, abattus et résignés, à la lumière des flambeaux, ils tinrent conseil. La tension qui pesait sur le village avait atteint son summum : chacun sentait que le moment était venu de mettre un terme à l'intolérable attente qui, d'heure en heure, rongeait toujours plus avant les cœurs ; personne ne voulait passer une journée de plus dans cet état. On décida donc de commencer à moissonner le lendemain matin. Johannes et les femmes, plus deux vieillards encore relativement alertes et trois des garçons les plus âgés, devraient rentrer des champs ce qu'il restait à rentrer. Bien sûr, les femmes n'avaient encore jamais manié une faux, car, en vertu des lois non écrites du village, cette charge était l'apanage des hommes. Mais quelle importance cela avait-il encore ? Il n'y eut personne pour évoquer ce genre de détail, fût-ce d'un mot : la chose devait être tentée.

12

ILS NE SONT PLUS SEULS DANS LEUR ÉQUIPÉE À TRAVERS LA FORÊT

Les hommes avançaient plus lentement que d'habitude, car ils portaient maintenant sur le dos les hottes en osier trouvées dans les maisons vides et remplies à ras bord d'objets plus ou moins utiles. Ils peinaient dans la moindre côte, et la chaleur étouffante qui régnait entre les arbres transformait la respiration en une opération qui n'avait rien d'agréable. Ils prenaient enfin conscience que, peu chargés jusqu'ici, ils avaient marché pour ainsi dire sans fatigue; certains, regrettant déjà que leur cupidité de la veille les eût poussés à trop se charger, se mirent à caresser l'idée de fouiller leur hotte à la prochaine halte afin de se débarrasser de quelques ustensiles superflus.

Rauk était le seul à n'avoir quasiment pas alourdi son fardeau. Il avait certes à la ceinture un couteau presque aussi long qu'une épée, le genre de couteau que les paysans utilisaient d'ordinaire pour tuer leurs bêtes, et, attachée au travers de la poitrine par une courroie, une hache à double tranchant qui se balançait sous son menton à chaque pas. Cela mis à part, rien n'avait attiré sa convoitise dans les maisons. Aussi, au milieu de ses compagnons qui suaient sous leur lourde charge, cheminait-il d'un pas aussi nerveux qu'à l'ordinaire, n'éprouvant aucune peine, en dépit de la chaleur, à jouer de la flûte tout en marchant.

Ses compagnons s'étaient habitués à ses airs depuis longtemps. L'esprit engourdi par la monotonie de la marche et par la fatigue, ils ne les percevaient plus que comme une rumeur lointaine et se laissaient bercer par eux tout aussi naturellement que par le bruissement du vent dans les branches ou par le chant des oiseaux. C'est seulement lorsque la flûte se taisait qu'ils redevenaient attentifs, constatant avec un étonnement rétrospectif qu'à l'instant même ils se sentaient bien et que la cause de cet état avait disparu ; dès que la mélodie reprenait, un infime sourire éclairait brièvement leur visage et ils étaient heureux de se laisser à nouveau enfermer dans un cocon sonore.

Le souvenir du village abandonné continuait à trotter dans la tête de nombre d'entre eux. Ils se demandaient s'ils ne s'étaient pas mis dans leur tort, s'ils n'avaient pas cédé à un accès de sauvagerie quand ils avaient fouillé les maisons à la recherche d'objets à rafler; maintenant encore, tout en marchant, ils baissaient les yeux et rougissaient un peu sitôt qu'ils revoyaient en pensée une scène qu'ils ne parvenaient pas à chasser suffisamment vite.

Bien sûr, ils se trouvaient aussi quelque excuse propre à atténuer leur mauvaise conscience. Ils se disaient ainsi que c'était Rauk qui les avait entraînés: sans son insistance, jamais, même en rêve, ne leur serait venue l'idée de dérober quoi que ce soit. Il leur avait littéralement tourné la tête! À cela s'ajoutait qu'aucun d'eux ne s'était livré à des excès comparables à ceux de Raimund: quand il avait saccagé les maisons à coups de hache et de barre de fer, on aurait dit un possédé! À côté de cela, ce qu'ils avaient eux-mêmes commis ne comptait pour ainsi dire pas.

Toutefois, cette aventureuse expédition en terre lointaine et inconnue – qu'ils raconteraient jusqu'à leurs derniers jours à leurs enfants et petits-enfants et ceux-ci, à leur tour, à leurs enfants et petits-enfants – commençait à prendre mauvaise tournure. Tous les enjolivements du monde ne pourraient y remédier totalement. Plus tard, il vaudrait sans doute mieux ne raconter qu'à grands traits l'épisode du village abandonné, ou même le taire complètement, afin de ne pas donner de mauvaises idées aux enfants et petits-enfants.

Vers midi, la forêt s'éclaircit très provisoirement; des ronces poussaient dans le sous-bois moins touffu. Leurs mûres, noires et grosses, luisaient au soleil; certains buissons en étaient si chargés qu'ils paraissaient avoir été brûlés par un incendie. À l'approche de la colonne, une nuée de pinsons s'égailla, se réfugiant dans les arbres en piaillant d'effroi. Les hommes firent une ample moisson de ces fruits des bois et s'en gavèrent à pleines poignées, en éructant et en se pourléchant.

Au moment de repartir, ils ne purent s'empêcher de penser à leur propre village, car, là-bas aussi, le blé devait être mûr, prêt pour la récolte. Au lieu de se promener ici dans la forêt et de cueillir des mûres, ils auraient dû se trouver dans leurs champs, occupés à rentrer leur froment et leur seigle!... Mais aussi pénibles que fussent ces pensées, elles ne duraient pourtant guère, tant elles manquaient étrangement de force et de prise sur le réel; les paysans n'étaient pas plus tôt arrivés devant la montée suivante, passant les pouces sous les courroies de leur hotte et prenant une profonde inspiration, que ces pensées s'enfonçaient dans les zones plus obscures de la conscience, sans laisser de traces.

Le sentiment de ne pas avoir le droit de faire demi-tour refoulait tout le reste. Les hommes ressentaient une soif de savoir qu'ils n'avaient jamais connue au cours de leur existence;

ils voulaient résoudre cette énigme en y mettant toute leur énergie, un orgueil obstiné les poussait à aller jusqu'au bout de l'expédition dans laquelle ils s'étaient embarqués, quel que fût le prix à payer ! À l'idée de revenir au village sans avoir élucidé le mystère de la corde, ils avaient un haut-le-corps : ils auraient l'air de parfaits idiots ! De sacrés fanfarons partant à l'aventure, pleins de grands projets et brûlant d'agir, pour revenir peu de temps après, vaincus et ridicules...

Tranquille, toujours égale à elle-même, la corde poussait les hommes en avant ; désarmés, ils la suivaient avec toute l'endurance dont ils étaient capables. Même en rêve, ils la voyaient s'en aller au loin, ondulant mollement entre les troncs, grimpant les collines et les redescendant, sans jamais avoir de fin. Impérieuse, elle leur insufflait la volonté de ne pas se laisser détourner de leur voie par les doutes et les remords et quand leur conscience, se rappelant à eux, tentait de les convaincre de lâcher prise et de revenir sur leurs pas, ils ressentaient avec d'autant plus de force l'ascendant que la corde exerçait sur eux.

Ils commençaient à s'habituer à l'existence dans la forêt. De nombreux petits détails qui, au début de leur expédition, les incommodaient encore, rendant difficile la vie de ces paysans sédentaires, perdaient peu à peu de leur caractère désagréable, les épreuves intolérables devenaient peu à peu des contraintes acceptées. Ils se montrèrent bientôt capables d'accomplir certains gestes, rendus nécessaires par le fait de ne plus vivre sous un toit, avec autant d'aisance naturelle que si, leur existence durant, ils avaient passé leurs jours et leurs nuits en plein air.

En outre, depuis la veille, ils avaient dans leurs sacs de quoi rendre la vie en forêt moins rudimentaire. Ils disposaient désormais d'ustensiles de cuisine en grand nombre leur permettant de préparer plus facilement leurs repas ; le soir, ils n'avaient plus à souffrir de l'inconfort de dormir à même le sol puisqu'ils pouvaient s'installer un moelleux matelas de couvertures. Leur plus précieux butin consistait néanmoins en un cornet et ses trois dés, trouvés dans une commode préalablement fracturée. Chez eux, au village, jouer aux dés était l'une de leurs distractions favorites ; aussi, après quelques jours de privations, pouvoir enfin, ici aussi, en pleine nature, s'adonner à leur plaisir les plongea-t-il dans un pur ravissement. À chacune de leurs pauses, le cornet passait de main en main, déclenchant les mêmes hurlements et les mêmes jurons que sous les branches du chêne.

Seul Rauk ne trouvait aucun plaisir à ce divertissement. Sitôt que la colonne faisait halte, il s'absorbait dans ses notes ; de loin en loin seulement, la plume à la main, il jetait un regard par-dessus son épaule en direction des joueurs de dés, un sourire indulgent aux lèvres, pareil à un père satisfait de voir que ses enfants se livrent à un jeu, certes stupide mais pas méchant, et dont il est certain qu'il les tient occupés.

Le lendemain après-midi, les paysans entendirent hurler les loups pour la première fois. D'un seul coup, comme obéissant à un ordre, ils interrompirent leur marche; tous tournèrent la tête et laissèrent leurs regards errer dans les fourrés. Le hurlement, lointain mais bien distinct, transperçait le silence, venu on ne savait d'où. Malgré la pleine chaleur du jour, les hommes sentirent un frisson glacé leur courir le long du dos; les dogues pointèrent les oreilles de telle sorte que des cornes semblaient leur sortir du crâne. Il ne s'écoula pas vingt secondes avant que le hurlement ne faiblît, paraissant parvenir d'un point de plus en plus éloigné; certains, pour mieux l'entendre, mirent les mains en cornet derrière leurs oreilles – déjà il s'était éteint.

Tous restaient figés. Un vent léger se leva, le bruit des arbres se fit – du moins eurent-ils cette impression – plus fort, plus vif que précédemment, même les oiseaux se manifestèrent à nouveau, emplissant la forêt de trilles et de chants, dans une jolie confusion bien propre à rassurer. Les hommes se mirent alors à parler, tous ensemble, d'un seul coup :

— Bon Dieu, ça venait d'où ?

— Je me demande.

— De par là-bas, je crois.

— Non, non. De par là ! J'ai bien entendu…

— C'est vrai !

— Je vous dis, moi, que les sales bêtes sont très loin. Elles ne nous ont pas flairés.

— Exactement ! Pas le moins du monde !

— Et puis ? Quand bien même ! Quand bien même ! Elles peuvent toujours nous flairer !

— Parfaitement ! Qu'est-ce que ça peut bien faire ? Je n'ai pas peur.

— Moi non plus !

Certains donnèrent un coup de menton, pour bien se persuader – et en persuader les autres – que ce genre d'incident n'était pas de nature à les impressionner, et Michael réussit à arborer un sourire dédaigneux. Tous tendirent encore une fois l'oreille dans le silence revenu, puis réajustèrent leur hotte sur leur dos ; Rauk porta sa flûte à ses lèvres, entama un air entraînant et la colonne se remit en marche.

Le soir, assis autour du feu, les hommes étaient d'humeur morose. Ils avaient établi leur campement de bonne heure ; le feu, plus gros que d'ordinaire, était également entretenu avec un soin particulier. Chacun avait son arc et ses flèches à portée de main, certains aussi de lourds gourdins ramassés en chemin et aiguisés comme des épieux. Le hurlement des loups se fit de nouveau entendre, s'étirant dans le soir, sinistre et incessant, parfois moins fort, s'abaissant jusqu'à n'être plus qu'un son ténu, presque geignard, un simple gémissement bientôt, avant d'enfler subitement, plainte modulée à pleine voix, qui, portant loin et perçant l'obscurité, parvenait par moments à recouvrir totalement les craquements du feu et le bruit du vent dans les arbres.

Le feu attirait des chauves-souris. De leur vol irrégulier et silencieux, elles naviguaient entre les troncs, passaient, ombres grises et rapides, au-dessus des flammes qui s'élançaient dans leur direction, telles des langues de feu paraissant vouloir les lécher et leur brûler les ailes. Quand le vent attisait le brasier, des salves d'étincelles jaillissaient et poursuivaient les ombres ailées jusqu'à des hauteurs que n'atteignaient pas les langues ardentes.

Thor et Hetzer reposaient en bordure du campement, leurs dos musculeux soudés l'un à l'autre comme s'ils cherchaient mutuellement protection, leurs oreilles en forme de cornes sondant les ténèbres. Soudain, ils rejetèrent la tête en arrière, dressant leur gueule vers le ciel, et lancèrent un aboiement interminable, monotone et lugubre, une espèce de lamentation. Effrayés, les hommes se tournèrent vers eux; jamais ils ne les avaient entendus crier ainsi.

Même Rauk, assis sur le tronc d'un arbre renversé, plume et papier à la main, leva les yeux, déconcerté. Il parut un instant se demander s'il devait intervenir ou non, puis il émit entre ses dents un son rauque incompréhensible à toute oreille humaine. Le hurlement stoppa net; la tête basse, les dogues se glissèrent jusqu'à leur maître et léchèrent de leur langue baveuse son visage qu'il ne chercha pas à protéger.

Quand la nuit fut totale, les loups cessèrent de hurler. Les paysans décidèrent d'entretenir le feu jusqu'au matin; on installa des hommes de garde qui devaient être relevés à heures régulières. Rauk attacha à un arbre, avec de solides courroies, les chiens qui s'étaient enfin calmés. La plupart des paysans se disposèrent à dormir, seuls quelques-uns s'attardèrent auprès du feu, tuant le temps à contempler le manège des chauves-souris. Rauk s'assit avec eux et leur raconta l'histoire du fier archer.

13

Le fier archer

Il était une fois un jeune garçon qui vivait auprès d'un ermite, dans la forêt. Il ne savait qui étaient son père ni sa mère ; des années auparavant, par les airs, une grue l'avait amené, enveloppé dans des chiffons, au vieillard. Celui-ci l'avait adopté et élevé comme s'il avait été son fils. Ils vivaient loin des hommes dans une cabane de branchages, se nourrissant d'herbes et de baies que leur offraient les bois, capturant des oiseaux en tendant des filets. La journée, le garçon gardait les chèvres ; le soir, l'ermite lui racontait les histoires de la forêt et jouait des airs sur son pipeau.

Ils vécurent ainsi de longues années et le petit garçon devint un robuste adolescent. Il vagabondait de plus en plus loin dans les bois, oubliant souvent les chèvres qu'il devait garder et ne revenant à la cabane qu'à la nuit, alors que le vieil homme l'attendait, déjà fort inquiet. Un jour, il s'enfonça si loin dans ces contrées sauvages qu'il ne sut trouver le chemin du retour; il passa donc la nuit au pied d'un arbre et, le lendemain matin, il poursuivit sa route, toujours plus loin, la curiosité l'ayant pris de voir si la forêt ne cesserait pas enfin. Vers midi, les arbres s'espacèrent, et une ville se découvrit à ses yeux, pleine de belles maisons, comme l'adolescent n'en avait encore jamais vu. Des gens affairés couraient dans les ruelles, et, ornées de drapeaux flottant au vent, s'élevaient bien au-dessus des toits les tours d'un château où habitait le roi régnant sur le pays.

En arrivant devant le château, l'adolescent trouva une foule rassemblée, le hasard ayant voulu que se tînt ce jour-là un concours attirant beaucoup de monde de la ville et de la campagne. Le roi avait une fille qui, d'une grande beauté, était en âge de se marier. Il avait donc fait annoncer que tous les bons archers du pays étaient invités à venir devant son château pour se mesurer avec arcs et flèches; le meilleur d'entre eux obtiendrait pour prix la main de sa fille.

La princesse regardait en souriant le groupe des archers, tous fils de chevaliers et de gentilshommes. À peine l'adolescent l'eut-il aperçue qu'il ressentit un état qu'il n'avait encore jamais connu: devant le sourire de sa bouche ronde et la délicatesse de ses mains il eut le souffle coupé, n'ayant soudain d'autre désir que de l'avoir pour femme. Aussi se glissa-t-il dans la file des prétendants qui attendaient le début du concours.

Arrivèrent alors des serviteurs du roi, portant sur leurs épaules des cages où étaient enfermés des pigeons, trois par cage. Le roi ordonna de les ouvrir, les archers devant transpercer de leurs flèches les pigeons en plein vol. Tour à tour, les archers tentèrent leur chance, mais tous échouèrent, tant les pigeons s'élevaient rapidement dans le ciel. Chacune des flèches manqua sa cible.

Quand vint le tour de l'adolescent, l'étonnement fut grand, car ses cheveux lui tombaient en broussaille le long du corps, et son vêtement, à côté des habits élégants des fils de princes, paraissait bien grossier. La cage fut alors ouverte et, en moins de temps qu'il n'en faut pour le dire, l'adolescent propulsa une flèche qui transperça d'un seul coup les trois pigeons. Comme embrochés sur la même pique, ils tombèrent par terre. La foule exulta bruyamment, s'étonnant de l'insolite adresse de l'adolescent. Mais, lui ayant ordonné de venir jusqu'à lui, le roi lui déclara :

— Tu es le meilleur archer de tout le pays. Certes, je vois bien que tu es de modeste extraction, mais tu seras, comme je l'ai promis, l'héritier du royaume.

Entendant les cris du peuple qui franchissaient les créneaux du château, le jeune homme se demanda comment cela était possible. Il lui avait suffi de tirer une seule flèche vers le ciel, et voilà que la foule était en liesse et que le roi lui offrait la main de sa fille ? Il pressentit alors qu'un don extraordinaire lui avait été octroyé et que l'attendait dans le monde un destin plus prestigieux encore que de devenir le souverain d'un royaume. Étonné que l'adolescent gardât si longtemps le silence, le roi lui demanda ce qu'il avait en tête. Comme en rêve, le garçon répondit :

— Mon roi ! Je ne désire pas avoir la main de votre fille. Accordez-la donc à l'un des autres prétendants ; il n'en manque pas.

Un cri alors monta de la foule, le visage du roi se contracta de colère et, furieux, celui-ci déclara :

— La main de ma fille est le bien le plus précieux que je puisse te donner ; qu'est-ce qui te prend de la dédaigner ?

Là-dessus, il fit signe à ses cavaliers de s'emparer du jouvenceau.

Celui-ci s'enfuit, s'agrippant à son arc qui lui tenait autant à cœur qu'un trésor, mais le peuple levait le poing contre lui et cherchait à le retenir par ses vêtements, tandis que les cavaliers le poursuivaient en brandissant leur épée. Le garçon courait en tous sens dans les ruelles, laissant déjà loin derrière lui les tours du château, et, au moment où il s'apprêtait à tourner la tête pour voir où étaient les sbires, une main parcheminée lui fit un signe par la porte d'une chaumière. Sans réfléchir, il franchit le seuil d'un bond.

La pièce était sombre, seul un maigre feu jetait une lueur tremblotante. Une vieille femme bossue le regardait d'un air fort amical; elle lui demanda pour quelles raisons les cavaliers le poursuivaient. Le jeune homme lui ayant raconté ce qui s'était passé, elle frotta l'une contre l'autre ses mains ridées et l'invita à rester dans sa demeure; l'adolescent, heureux de trouver une cachette, accepta.

Il demeura la journée entière dans la pièce enfumée, écoutant, à l'extérieur, le cliquetis des éperons des cavaliers qui passaient devant la maison; le roi avait en effet ordonné de ne pas abandonner les recherches. Le soir, il décrocha son arc d'un clou planté dans le mur et sortit furtivement. Il ne tarda pas à s'approcher du château plongé dans l'obscurité, seule la pâleur des créneaux se détachant sur le fond du ciel. Le drapeau du roi flottait au vent, au sommet du donjon. Le jeune homme eut alors envie d'essayer son arc et, plein d'outrecuidance, il lança une flèche qui vint se ficher dans le drapeau battant tout là-haut. Il s'empressa de regagner la chaumière où, très fier de la nouvelle preuve d'adresse qu'il venait de donner, il mit longtemps à trouver le sommeil.

Le matin, un serviteur du roi, passant la tête par la fenêtre, aperçut la flèche qui se balançait dans les airs, et la nouvelle de l'outrage se répandit à la vitesse de l'éclair dans le château. Le roi envoya derechef ses cavaliers à la recherche de l'impudent ; ils envahirent les ruelles, heurtant de leur poing de fer toutes les portes, et il ne leur fallut pas longtemps pour arriver à la maison de la vieille femme. Mais celle-ci était rusée : elle laissa les sbires entrer chez elle et leur offrit du gâteau et du vin nouveau. Comme il faisait très sombre dans la chaumière et que le garçon se dissimulait dans un recoin, près du poêle, ils n'insistèrent pas et ressortirent.

Le soir, assis à la fenêtre, l'adolescent contemplait la nuit, au-dehors. Il vit, derrière la ville, une haute montagne ; la lune brillait sur ses flancs escarpés et la cime se dressait si haut que peu s'en fallait qu'elle ne touchât le ciel. Il réveilla la vieille qui sommeillait contre le poêle et lui demanda quelle était cette montagne. Se frottant les yeux, elle expliqua d'une voix endormie qu'une belle et sage reine avait son royaume là-haut, tout au sommet, mais que personne n'avait le droit d'y grimper et que la mort était promise à quiconque s'y risquerait néanmoins.

Alors le jeune homme fut saisi de l'envie d'atteindre d'une de ses flèches le sommet de la montagne. Prenant congé de la vieille femme, il se hâta de sortir. Il atteignit bientôt le pied de la montagne et, à l'instant où il tendait son arc pour tirer une flèche vers le haut, des nuages voilèrent un moment la lune si bien que l'ombre dissimula la cime. Opiniâtre, il décida d'escalader la pente abrupte; mais la montagne s'élevait trop à pic et, dans les fissures du rocher, poussaient des arbustes dont les épines cherchaient à le retenir. Des pierres infligeaient à ses mains des coupures d'où le sang jaillissait. Il fut bientôt bloqué, incapable d'avancer ou de reculer; il banda alors son arc de toutes ses forces, et, telle une étoile filante, la flèche fendit la nuit noire jusqu'au sommet de la montagne. Les arbustes, alors, s'écartèrent devant lui, les pierres cessèrent de lui griffer les mains, les fissures se fermèrent devant ses pieds; et, comme s'il était lui-même une flèche propulsée par une corde vers le ciel, il s'élança vers le haut, à toute allure.

Arrivé au sommet, il vit une lumière briller dans le noir, c'était l'entrée d'une caverne; la flèche, devant le seuil, de sa pointe montrait l'intérieur. Le jeune homme prit son courage à deux mains et pénétra dans la caverne. Il eut le souffle coupé: sur un trône orné de mille perles et pierres précieuses, une reine était assise, une couronne d'étoiles étincelantes sur la tête; tant de sagesse se lisait sur ses traits qu'il en demeura pantois. Mais la reine, se levant de son trône, lui dit:

— Je t'ai envoyé la vieille femme afin qu'elle te protège contre ceux qui te jalousaient et, quand ta flèche, transperçant la nuit, est parvenue au sommet de la montagne, j'ai aplani le chemin devant tes pas. Je te souhaite à présent la bienvenue dans mon royaume et je t'offre ma main.

Le jeune homme, alors, brisa son arc et prit la main de la reine.

14

La moisson

Le soleil du matin se cachait encore derrière les cimes des arbres quand les villageois, tôt levés, commencèrent à moissonner. La veille au soir, après la réunion à côté de la corde, Johannes avait absolument tenu à initier les femmes à l'art de faucher, au prix d'explications détaillées et confuses. À présent, les manches de leur chemisier retroussées et un fichu coloré sur la tête, elles travaillaient, appliquées et opiniâtres. Trois enfants maniaient la faucille dans un champ, fiers de cette tâche inhabituelle grâce à laquelle ils donnaient l'impression d'avoir vieilli de quelques années ; les vieux entassaient les gerbes sur une charrette qui ne se remplissait que lentement.

Dans le ciel d'un bleu vigoureux et majestueux, chargé d'un éclat farouche que les villageois n'avaient encore jamais vu, d'énormes nuages défilaient. Il faisait une chaleur dépassant tout ce que l'été avait jusqu'ici proposé. La rosée, dans les prés, s'évaporait en un éclair, formant d'épaisses nappes qui, telle une brume invisible, couraient au-dessus de la campagne.

À mesure qu'on avançait dans la matinée, les villageois furent pris d'une sensation d'étouffement aussi insaisissable que lancinante ; ils devaient constamment s'arrêter, reprendre leur souffle en ouvrant sans vigueur la bouche et s'essuyer à deux mains le visage, autour duquel les moucherons et les mouches bourdonnaient. Le bétail commençait lui aussi à souffrir dans les étables ; les vaches poussaient des meuglements plaintifs, tapant de la tête contre les cloisons en bois.

Vers midi, un fort vent se leva, passant au-dessus des arbres avec un sifflement annonciateur d'une grande fureur. Les nuages s'étaient épaissis, paraissant vouloir s'abattre sur la terre, comme entraînés par un poids qui ne cessait de grandir. Autour des pignons des maisons, les hirondelles virevoltaient, affolées, semblant avoir le diable aux trousses, puis survolaient les champs de si près que leurs ailes frôlaient les épis. Les enfants, tenant leur faucille devant la poitrine, les regardaient, les yeux écarquillés. Tout avait perdu sa couleur : les prairies vertes avaient terni, l'or des champs avait tourné au gris sale et les arbres se dressaient comme morts contre le ciel.

Johannes déambulait un peu partout en gesticulant. Il hurla aux enfants de courir aux maisons et de fermer les volets devant les fenêtres. Sans cesser de travailler, les femmes jetaient des regards en direction des nuages. Bien que sachant qu'un orage était imminent, elles ne voulaient à aucun prix interrompre la moisson, car chaque gerbe tombant sous leur faux et portée à la charrette par un vieux était un bien irremplaçable.

On entendit bientôt au loin un grondement qui se rapprocha rapidement, le vent forcit, soufflant en vagues au-dessus des épis qui ployaient et se tordaient, tirant sur les chemisiers des femmes. Il arracha à l'une d'elles le fichu couvrant ses cheveux et l'emporta par-dessus les toits, tel un vulgaire chiffon rouge. Le tonnerre redoubla brusquement, un fort crépitement parcourut soudain les cimes des arbres. Les villageois furent saisis de frayeur, un vieil homme se mit à chanceler, tomba sur les genoux. De premiers grêlons fendirent l'air, un grésillement s'abattit sur le champ; les femmes se couvrirent alors la tête de leurs mains et coururent vers les maisons.

La grêle enveloppa le village d'une brume grise, de gros grêlons rebondissaient sur la paille des toits, le vent se déchaînait autour des maisons, avide, secouant les volets. La porte d'une étable, que dans leur précipitation les gens n'avaient pas fermée, battait et claquait, des éclairs argentés jaillissaient au travers des nuages, des feuilles tourbillonnaient dans les airs et, chassées par la tempête, traversaient les prairies dans un vol désordonné. Le tonnerre, à présent tout proche, se déchargeait sur les maisons; à l'intérieur, les enfants criaient, se pressant contre leur mère, les nuages déversaient sur terre leur fureur…

Subitement la grêle cessa, se transformant en pluie. Le fracas, sur les toits, avait cédé la place à un bruissement doux, apaisant. Peu à peu, le vent s'affaissa, le tonnerre, lui aussi, s'éloigna en direction de la forêt aussi vite qu'il était venu. Les gouttières commencèrent à gargouiller, donnant au bruit de la pluie une note plus claire. L'obscurité, d'abord toujours aussi épaisse, se mit à se déchirer à son tour; des nuages bruns glissaient au-dessus des cimes, pressés de rattraper la tempête qui s'était sauvée et qui, déjà, quelque part ailleurs, laissait libre cours à sa rage.

Le silence était revenu dans le village. Des portes s'ouvrirent, des silhouettes muettes et effarées se montrèrent sur les seuils. Jusqu'ici les volets avaient miséricordieusement caché aux habitants la vue sur l'extérieur – et maintenant ils regardaient tout autour d'eux, à demi paralysés, s'attendant au pire. Le village était plongé sous un blanc manteau hivernal, le vent avait arraché les feuilles des arbres et les avait dispersées;

les saisons s'entremêlaient comme dans un rêve. Des flaques se formaient sur la couche de grêlons, reflétant un ciel toujours aussi agité.

Quand les villageois reprirent le chemin des champs, la grêle, sous leurs pas, crissait et craquait, comme s'ils marchaient sur des morceaux de verre. Une pluie fine, qu'ils ne sentaient pas, les trempait. Sans un mot, ils s'arrêtèrent au bord des champs, contemplant la surface dévastée d'un regard vide, le visage aussi gris que la lumière tombant du ciel. Sur l'étendue de terre parcourue de stries blanchâtres, les épis, tordus en tous sens, étaient couchés sur le sol; on aurait dit un lac fouetté par le vent, couvert d'une infinité de vagues et de remous, qui se serait figé au plus fort de la tempête.

15

COLLÉS AU FIL D'UNE TOILE D'ARAIGNÉE

Rauk marchait désormais le plus souvent en tête de la colonne, imprimant une allure que tous ne suivaient pas aisément. Sur son visage se lisait une expression résolue frôlant la brutalité, une résolution sans égard pour rien ni personne, surtout pas pour lui-même. Ses yeux paraissaient se diriger en permanence vers un point, non loin de son nez, sur lequel ils cherchaient obstinément à se fixer. Alors que ses compagnons allaient torse nu, il s'était contenté d'ouvrir deux boutons de sa chemise, ce qui ne l'empêchait pas de donner une impression de plus grande fraîcheur que les hommes à moitié nus. Il avait manifestement la capacité de ne pas être affecté par les efforts que réclamait cette marche, et d'y puiser au contraire des forces nouvelles. Même son pied bot, loin de le freiner dans sa manière de toujours aller de l'avant, semblait donner à son pas une espèce d'énergie supplémentaire, une sorte d'allégresse.

Les paysans devaient s'avouer qu'ils l'avaient sous-estimé jusqu'ici: il n'était pas seulement intelligent, il avait aussi des qualités plus terre à terre; son corps à demi estropié recelait des forces dont ils ne cessaient de s'étonner jour après jour, et il ne surmontait pas plus mal qu'eux-mêmes les fatigues de l'expédition. D'une part, cela le rendait plus énigmatique encore et accroissait le trouble qui envahissait leur tête quand ils essayaient de réfléchir à ce qu'était cet homme; d'autre part, qu'il fût « taillé dans du bois dur » (ils n'utilisaient que rarement cette tournure car elle exprimait le plus grand éloge qu'ils pussent décerner) leur imposait le respect, et, quand ils le voyaient aller en tête de la colonne, il leur inspirait, à leur corps défendant, un sentiment de bien-être, ils se sentaient ragaillardis.

À mesure que Rauk gagnait en prestige, Michael devenait un simple personnage marginal et sans relief. Depuis deux jours déjà, il était devenu plus silencieux ou, du moins, moins effronté et bavard qu'à l'ordinaire; de plus en plus souvent, il laissait passer avec une totale indifférence même les meilleures occasions de se pousser en avant, d'attirer sur lui les regards. Y compris quand, de temps à autre encore, il lui arrivait de marcher en tête, il le faisait avec naturel et modestie, donnant l'impression que, parvenu à cette place accidentellement, sans s'en être aperçu, il l'abandonnerait bientôt à un autre, tout aussi fortuitement et sans plus de façons.

Les paysans étaient heureux de cette évolution, car, à mesure que la marche se prolongeait, les mauvaises manières de Michael les contrariaient davantage. En même temps toutefois, ils étaient incapables de s'expliquer son comportement : peut-être tout simplement se fatiguait-il et avait-il perdu son enthousiasme ? Au début, plus que la plupart des autres, il s'était passionné pour cette aventure, et voilà qu'il paraissait en être las. À moins qu'il eût fini par trouver inquiétante toute cette entreprise : commençait-il à avoir peur, alors qu'ils cheminaient depuis si longtemps à travers ces contrées inhabitées sans jamais atteindre leur but ?

Les loups s'étaient attachés aux pas des paysans, les suivant avec la patience de chasseurs opiniâtres. Dès le matin, la forêt résonnait de leurs abois et de leurs hurlements, comme s'ils voulaient rappeler aux hommes, de manière lancinante, qu'ils n'étaient pas seuls en chemin et leur ôter l'illusion que leurs poursuivants pourraient à un moment ou l'autre disparaître aussi inopinément qu'ils avaient surgi.

Quand ils les entendaient, les paysans ne bronchaient pas. Bien sûr, les hurlements usaient leurs nerfs, et aucun d'eux n'était aussi tranquille qu'il tentait de le faire croire aux autres, mais en même temps personne ne se laissait sérieusement effrayer par les loups. Ils parvenaient tous tant bien que mal, d'un haussement d'épaules irrité et buté, à écarter d'eux les hurlements, à voir simplement en eux l'une des nombreuses épreuves qu'ils devaient affronter lors de leur équipée. Pour se rassurer, ils se disaient que les loups étaient des animaux prudents, si ce n'est lâches : ils n'attaquaient que des proies faibles dont ils n'avaient pas à craindre une riposte. C'étaient les loups qui avaient peur, peur d'*eux*.

La forêt était plongée dans un demi-jour brunâtre qui n'appartenait à aucun moment précis de la journée. Bien que le ciel se fût bientôt couvert et que le soleil ne dispensât plus qu'une faible lueur, la chaleur continuait à augmenter, atteignant un niveau qui n'avait plus rien de naturel. Hébétés, comme s'ils couvaient une maladie, les hommes, tout en marchant, se massaient le front et les tempes. Ils gardaient la tête baissée, semblant porter un fardeau invisible sur leur nuque.

Ayant rencontré un ruisseau, ils se mirent à quatre pattes en gémissant, plongèrent dans l'eau leurs visages gonflés par la chaleur et burent en lapant. Désireux de s'offrir un petit plaisir, ils quittèrent les derniers vêtements qu'ils avaient encore sur le corps et s'allongèrent dans le lit du ruisseau en poussant des grognements. Ensuite, ils mangèrent sans appétit un repas dont ils n'avalèrent que quelques bouchées.

La tempête enfla rapidement. Depuis quelque temps déjà, il y avait des grondements dans l'air; bientôt s'y mêlèrent, en une succession de plus en plus serrée, des coups de tonnerre dont les claquements étaient d'une étrange sécheresse. Les nuages se colorèrent de violet, la forêt fut envahie par les plaintes du vent et des chuintements, des bourrasques parcouraient les cimes des arbres qui se fondaient dans l'obscurité du ciel. Les hommes sortirent de leurs hottes des couvertures qu'ils déployèrent au-dessus de leurs têtes, de premiers éclairs colorèrent les troncs d'une lueur blanchâtre; le vent soufflait à présent en rafales dans les branches les plus hautes, les arbres oscillaient et se courbaient, telles de gigantesques tiges d'herbe, avec de violents craquements couverts par les coups de tonnerre. Soudain un crépitement emplit la forêt, des grêlons, transperçant les branchages, s'abattirent sur les hommes emmitouflés, sur les chiens courbant l'échine…

Quand la grêle se fut changée en pluie, une couche de givre estival recouvrait le sol. Les couvertures sous lesquelles les hommes étaient blottis ressemblaient à de minuscules collines enneigées. Balayés par la pluie battante, les arbres laissaient pendre leurs branches en un geste de résignation. Dans l'obscurité, le ruisseau charriait avec des gargouillements un tas de feuilles et de bouts de bois, et, sortant de son lit çà et là, cherchait son chemin au travers de la masse blanchâtre en se divisant en filets d'eau sinueux.

L'un après l'autre, les paysans sortirent la tête de leurs abris, contemplant fixement, comme émergeant d'un étourdissement, la forêt métamorphosée. Avec des gestes raides – à croire que, sous le poids des grêlons, ils avaient vieilli de plusieurs années – ils secouèrent la gelée blanche de leurs effets. Quelqu'un risqua quelques pas hésitants sur la couche de glace. On aurait dit qu'il avançait sur un étang gelé dont il ne savait s'il supporterait son poids. La tempête avait refroidi l'atmosphère, les hommes étaient debout sous la pluie, nus, le dos voûté, les épaules rentrées.

Des idées confuses se bousculaient dans leur tête. Jamais encore ils n'avaient vu pareille tempête ! Elle paraissait être sortie du néant ! Avait-elle sévi de la même manière chez eux, sur leurs champs ? Ils étaient incapables de le dire et n'osaient le croire. La forêt était immense, de nombreux jours de marche les séparaient des leurs : peut-être la moisson avait-elle été épargnée ?

Trop émus pour mener leurs pensées à leur terme, ils ressentirent le désir instinctif de ne pas rester en ce lieu, de bouger leurs membres raidis par le froid et la peur. Les dogues explorèrent d'un pas maladroit, avec des grondements, les sous-bois blanchis. Ils secouaient, du museau jusqu'au bout de la queue, leurs corps trempés : on aurait dit qu'ils sortaient de la tempête comme d'un bain rafraîchissant. Hormis la pâleur de son visage, aucune émotion ne trahissait, chez Rauk, le cours de ses pensées ; il ramassa la vaisselle encore éparse après le repas. Puis les nuages se déchirèrent, libérant un bout de ciel bleu dont la clarté innocente sembla donner aux hommes un signe d'encouragement. Suivant l'exemple de Rauk, tous ramassèrent au sol leurs vêtements enfouis sous une épaisse couche de grêlons et s'occupèrent de leur équipement. Bien que sentant qu'il s'était produit un événement grave et décisif, ils faisaient ce qu'ils auraient fait en toute circonstance semblable : à l'instant où ils couraient le danger de perdre la tête et où le sol se dérobait sous leurs pieds, ils cherchaient refuge dans des gestes simples et familiers.

La colonne se remit bientôt en marche. Rauk en prit la tête, entonnant sur sa flûte un petit air naïf. Sur la grêle fondante qui, mélangée à de la terre et des feuilles, constituait une masse gluante, les hommes n'avançaient qu'à grand-peine, obligés, pour ne pas trébucher, de se tenir aux arbres et aux buissons. Ils cherchaient des yeux la corde qui, filant entre les troncs avec de molles ondulations, s'enfonçait parfois dans la couche jusqu'à devenir invisible pour en resurgir plus loin, sombre, distincte sur le fond blanc.

Une nuit paisible suivit. Les nuages avaient disparu depuis longtemps, des étoiles, brillant parmi les cimes noires des arbres, semblaient collées aux branches, telles les baies rouges pendant la journée. Les paysans avaient séché leurs couvertures en les suspendant à de longs bâtons au-dessus du feu, de manière à pouvoir passer une nuit à peu près supportable. L'un des hommes monta la garde, armé de son arc et d'un gourdin pour les rondes. Non loin du campement, un frêne avait été abattu par la tempête : ses racines, arrachées du sol, se dressaient, pareilles à des bras convulsivement tordus.

Allongés immobiles dans l'attente d'un sommeil qui ne viendrait pas de sitôt, les hommes étaient tourmentés en songeant au village. Depuis quelques jours déjà, ils avaient senti que leur marche était une entreprise marquée par l'outrecuidance, un départ brutal pour un destin incertain. Ils s'étaient lancés dans un jeu insensé et dangereux dont ils avaient eu peine à embrasser les règles mais dont ils escomptaient une issue heureuse. Ils comprenaient à présent avec angoisse que la maîtrise du jeu leur avait échappé – l'outrecuidance se vengeait et leur retournait les coups. Chacun sentait qu'il avait endossé une culpabilité sous le poids de laquelle, si aucun recours ne se présentait, il devrait souffrir à jamais.

Et pourtant, ils ne pouvaient plus faire demi-tour. Quoi qu'il pût se passer en cette journée, ils n'avaient d'autre choix que de mener cette aventure jusqu'à son terme. La corde exerçait sur eux une influence plus forte que leur volonté, ils étaient collés à elle comme au fil gluant d'une toile d'araignée, sans espoir de lui échapper. Tôt le lendemain matin, quand les étoiles, tout là-haut, se transformeraient en baies, ils enlèveraient leurs couvertures et reprendraient leur marche dans les bois. Les premiers jours, ils auraient encore eu la force de suivre la voix de la raison et d'emprunter le chemin du retour, mais plus maintenant ; au début, ils avaient encore été maîtres de leurs actes et décisions, mais s'étant entre-temps abandonnés à l'incompréhensible ils se laissaient guider.

Et, même s'ils avaient encore été libres, à quoi leur aurait-il servi de rentrer chez eux maintenant, après cet orage ? Ils n'auraient plus la possibilité d'aider leurs femmes et leurs enfants, ils avaient depuis longtemps laissé passer le bon moment. Si la récolte était perdue, abattue et hachée par la grêle, il n'existait aucune force au monde capable d'y changer quoi que ce soit. Les épis ne se redresseraient certainement pas parce que les hommes rentraient au village ! Qu'ils rebroussent chemin ou non n'avait plus aucune importance, ils n'avaient plus rien à perdre, les ponts pour un retour étaient coupés.

TROISIÈME PARTIE

16

La douce illusion de l'immuabilité

Tenaces, obstinées, les femmes s'accrochaient à l'espoir de voir un jour les hommes revenir. La tempête passée, il ne leur restait plus grand-chose, et l'espoir faisait partie de ce petit peu : aussi refusaient-elles d'en abandonner la moindre parcelle. Pourtant, elles sentaient en même temps que l'espoir exigeait d'elles de plus en plus d'énergie : il n'était plus ce recours fiable et rassurant auquel elles pouvaient s'accrocher à tout instant. Jour après jour, il encaissait un coup nouveau venu on ne savait d'où, s'approchant de la sorte, petit à petit, d'un « peut-être » creux et froid.

Les femmes surveillaient les enfants, disposaient des repas sur la table, nourrissaient le bétail dans les étables, s'acquittaient de l'ensemble des tâches qui reposaient sur leurs épaules même en ces temps de désordre. Parfois elles longeaient les champs, laissant leurs regards errer sur les céréales qui tournaient au brun et au gris et dans lesquelles s'ébattaient des oiseaux – des nuées d'oiseaux à vrai dire qui, attirés par les grains en pleine fermentation, arrivaient de toutes les directions, par-dessus les arbres, comme si s'était répandue dans les profondeurs des forêts la nouvelle des bonnes choses qui se trouvaient ici. Le soir, dans leur lit, incapables de dormir, elles devaient encore se défendre, à demi assoupies, contre des idées horribles, avant de finir, tardivement, par tomber dans un sommeil traversé de rêves pesants.

Agnès ne prenait l'air que rarement, passant des heures et des heures dans sa maison qui l'enveloppait telle une coquille d'escargot. Désormais elle était généralement épuisée dès midi, ne se sentant plus bonne à rien ; même rester assise, les yeux perdus dans le vide, lui était un poids qui la fatiguait et dont il lui fallait se reposer – mais comment ?

Quand, le soir, l'obscurité s'installait derrière les fenêtres, elle prenait sa petite fille dans ses bras et se promenait dans le village. Alors, pour la première fois depuis le réveil, elle ressentait un soupçon de plaisir : l'idée qu'elle était venue à bout d'une nouvelle journée et que la suivante était encore à bonne distance l'apaisait. Souriante, avec, sur ses traits, l'expression d'une sérénité que préserverait longtemps encore l'ignorance, Élisabeth la regardait dans les yeux, tapotait d'un doigt menu son menton, les boutons de son chemisier…

Quand elle était assise chez elle, Agnès contemplait toujours avec amour les objets qui lui rappelaient Bernhardt. Elle sentait cependant que leur aspect commençait à changer, perdait couleurs et vie. Tout, dans la maison, paraissait à présent recouvert d'une espèce de voile ténu, comme si le souvenir, jour après jour, enveloppait chaque chose de ses teintes ternies. Les objets parlaient encore de Bernhardt, mais à voix plus basse qu'avant et dans une langue moins facile à comprendre. La pipe était toujours posée sur l'appui de la fenêtre, l'odeur qui en émanait s'affaiblissait pourtant, une pointe d'amertume s'y mêlant, un rien de rance qui suscitait en elle un vrai dégoût.

Son existence, aussi loin que remontaient ses souvenirs, avait connu un cours bien réglé, plein de simplicité. Tranquille, assurée, sa vie avait été une chaîne d'événements prévisibles et familiers qui jamais ne se romprait. Le village et les champs avaient été le coin de terre où se jouait tout ce qui revêtait quelque importance et hors duquel il n'existait pas grand-chose; la maison l'entourait à la manière d'un château fort d'où aucun ennemi ne pouvait la chasser. Elle n'avait guère réfléchi à l'avenir et, les rares fois où cela s'était produit, elle avait eu la certitude que l'avenir serait aussi agréable et satisfaisant que l'avait été le passé.

Comme elle s'était trompée ! Depuis que la corde gisait là-bas, dans l'herbe, sa vie s'en allait à vau-l'eau, plus rien n'était semblable à avant, il n'y avait plus rien à quoi se raccrocher. Un tremblement de terre dévastant le village n'aurait pas été un fléau plus grave. L'existence dans cette maison où tout perdait ses couleurs et devenait hostile, d'où même les souvenirs se retiraient, n'était plus une promesse de durée. Si, jadis, il aurait été inimaginable pour elle que sa vie pût un jour tomber dans le désordre, elle était désormais harcelée par la question de savoir si un ordre reviendrait jamais dans sa vie.

Uli remontait la pente. Il n'avait presque plus de fièvre et l'enflure de sa jambe, qui avait causé à Agnès plus de soucis que tout le reste, commençait à décroître. Son appétit était déjà celui d'une personne en bonne santé et, chaque jour, il se faisait préparer par la maîtresse de maison trois copieux repas qu'il dévorait à toute allure, bruyamment et, parfois, avec de premiers signes de gloutonnerie. Un jour, quand Agnès, un bref instant occupée à l'extérieur, était rentrée dans la pièce, elle l'avait trouvé assis dans son lit, droit, un sourire éclatant aux lèvres, dans les yeux le clignement d'un enfant espiègle qui est parvenu, trompant la surveillance, à réaliser ce qui était son plus grand souhait en même temps qu'une chose interdite.

— Agnès, ah, te voilà ! lui lança-t-il. Aide-moi, sois gentille. Je veux aller jusqu'à la fenêtre. Viens – soutiens-moi !

— Pour l'amour du ciel ! Qu'est-ce que tu fais ?

En deux enjambées, elle fut près du lit, le repoussant dans ses oreillers presque trop vivement, avec l'autorité maternelle qu'elle avait acquise sur lui durant ces derniers jours. Uli, mi-sérieux, mi-enjoué, lui résista :

— Mais laisse-moi ! Qu'y a-t-il ? J'ai tout de même bien le droit de m'asseoir un peu !

S'appuyant des coudes contre le drap, il essaya de se redresser une seconde fois, et Agnès dut user de son poids pour le maintenir à l'horizontale. Tandis qu'elle arrangeait sa couverture, il lui dit d'un ton effronté :

— Écoute : aujourd'hui, je reste encore au lit, soit ! Mais il faut que, demain, tu m'installes une chaise près de la fenêtre. Au moins pour un quart d'heure, d'accord ? Je ne peux quand même pas rester éternellement allongé, qu'est-ce que tu en dis ?

Il ne cessa de répéter son souhait dans les heures qui suivirent, toujours avec les mêmes mots. Même quand Agnès fuyait devant son insistance et se réfugiait dans la pièce d'à côté, elle pouvait saisir, malgré la cloison, des bribes de paroles comme « je m'ennuie » ou « qu'est-ce que tu en dis ? ». Le soir, ses pleurnicheries l'avaient épuisée au point qu'elle cessa de résister ; un sourire de grand bonheur illumina le visage d'Uli et, à travers la pièce, il lui adressa un baiser.

À partir du lendemain matin, il mit un point d'honneur à quitter son lit aussi souvent que possible. Chaque fois qu'Agnès l'y autorisait, il s'asseyait sur la chaise à trois pieds de Bernhardt, à côté de la fenêtre, et il regardait au-dehors avec autant de gratitude que s'il y avait eu plus à voir que deux ou trois maisons et un bout de pré. Quand il était seul, il se traînait d'un coin de la pièce à l'autre, avec la lenteur d'un vieillard, tirant sa jambe blessée derrière lui, soufflant et gémissant bruyamment : guérir était un combat pour lequel il ne s'accordait aucun ménagement. Bientôt, appuyé sur Agnès, il se promena au soleil, devant la maison, heureux lorsque quelqu'un, passant par là, était le témoin de ses progrès étonnants.

Il était frappant de voir combien la tristesse qui régnait dans le village le touchait peu. Il prenait certes la peine d'observer une certaine retenue dans son comportement, de manifester l'affliction et l'apitoiement de mise en pareille circonstance ; mais il y avait dans son attitude quelque chose de peu authentique, de peu convaincant, et, quand on le regardait en face, on s'apercevait aisément que son dehors de compassion n'était qu'un masque dissimulant des sentiments bien différents : une joie de vivre juvénile, difficile à contenir, le sentiment euphorique d'avoir échappé à la mort de justesse.

Il ne tarda pas à pouvoir se déplacer seul dans le village. S'aidant d'une canne prêtée par un des vieillards, il clopinait avec une énergie croissante d'un endroit à l'autre, passait des heures au grand air et Agnès devait souvent le rappeler à la maison, tel un garçon s'attardant à jouer dehors.

Ses promenades l'amenaient régulièrement devant la maison de Michael. Il allait à la fenêtre, tapait contre la vitre avec la poignée de la canne et, souriant, adressait un signe de la main à Anna à l'intérieur. Elle sortait de chez elle et ils s'asseyaient tous deux un petit moment sur le banc contre le mur de la maison exposé au soleil. Il n'y avait pas d'endroit plus joli dans tout le village : peu avant sa disparition, Michael avait repeint en rouge le banc, à droite et à gauche duquel poussaient des pieds de vigne qui, grimpant sur un lattis, se rejoignaient au-dessus des têtes des deux jeunes gens où ils formaient une sorte de baldaquin vert. Vêtu à nouveau de son gilet bleu ciel et coiffé d'un chapeau à large bord emprunté à Bernhardt, Uli, les bras largement écartés sur le dossier, s'entendait comme pas un pour parler de choses et d'autres :

— Aujourd'hui, j'ai déjà fait trois fois le tour du champ ! Facile comme bonjour !

J'aurais encore bien continué, mais… bon, eh bien, Agnès était déjà sur le seuil à me menacer du doigt. Quelle mère poule ! Elle me materne du matin au soir. Alors qu'elle a déjà son Élisabeth sur les bras… Crois-moi, cette petite peste commence à me taper sur les nerfs. Un vrai monstre ! Elle n'arrête pas de crier tant qu'elle peut ! Un jour, je n'y tiendrai plus – je vais lui tordre le cou, tu peux me croire !

C'est à peine si Anna prononçait un mot, se contentant de regarder dans le vide de ses yeux incroyablement bleus sous lesquels se dessinaient à présent des cernes en forme de demi-lunes violettes. On voyait, à la pâleur de son visage, qu'elle ne trouvait guère le sommeil, la nuit, à cause de l'inquiétude qu'elle nourrissait à propos de Michael ; ses cheveux châtains, qui contribuaient pour une large part à son statut de beauté villageoise, pendaient en mèches grasses autour de sa tête. Avoir à côté d'elle quelqu'un qui était manifestement de bonne humeur et sur qui tous les événements horribles étaient sans prise avait un effet bienfaisant, et c'est de bon cœur, avec reconnaissance, qu'elle permettait à Uli de refouler un peu ses idées noires. De temps à autre, elle rajustait son chemisier qui aurait eu besoin d'un bon lavage et se passait la main dans les cheveux pour, tant bien que mal, leur redonner forme.

Au bout de trois semaines, les femmes prirent la décision de quitter le village. L'automne s'annonçait : le matin, les prairies étaient couvertes de toiles d'araignées et ce n'était pas la tempête qui avait détaché des arbres les feuilles qu'on voyait à présent sur les toits. Les provisions commençaient à se faire rares et ne tarderaient pas à être épuisées. Espérer que les hommes reviendraient bientôt leur coûtait à présent plus d'énergie qu'elles ne pouvaient en rassembler. Qu'est-ce qui pouvait encore les retenir ici, quel sens cela avait-il de se raccrocher à l'apparence toujours plus fragile de l'immuable ? Elles n'avaient d'autre choix que de demander à être accueillies dans les villages les plus proches, de passer les temps à venir sous des toits étrangers.

Le lendemain, elles empaquetèrent chez elles tout ce qui avait une quelconque utilité et à quoi elles tenaient. La torpeur qui avait si longtemps pesé sur elles commença à s'estomper, cédant la place à une activité rappelant les temps anciens, les temps meilleurs : depuis qu'avait été prise la décision de partir, elles sentaient des forces nouvelles affluer. Toutes tenaient à laisser leurs pièces dans un ordre impeccable, à nettoyer chaque table, à fermer chaque porte d'armoire, chaque tiroir, à ne laisser traîner aucun objet, petit ou grand. Elles ne se demandaient pas si ce travail avait un sens, il leur suffisait qu'il les aide à surmonter la douleur de l'adieu et à repousser un peu le moment du départ.

Le matin, dès potron-minet, on attela des bœufs aux trois charrettes du village. Les femmes y chargèrent leurs biens, serrés dans des paniers et des sacs, et sortirent des étables les chèvres et le bétail qui seraient du voyage. Johannes allait d'une maison à l'autre pour s'assurer que tout se passait comme il fallait et que, dans l'excitation du départ, on n'oubliait pas ceci ou cela.

Le convoi s'ébranla. Les femmes – portant sur leur poitrine leurs petits enfants enveloppés dans des fichus et tenant par la main les plus grands, qui regardaient autour d'eux, muets et l'air grave, plus ou moins conscients de ce qui arrivait – s'efforçaient par-dessus le marché de maintenir rassemblées les bêtes qui suivaient les charrettes. Uli était assis tout en haut de l'une d'elles, au beau milieu des bagages : il devait encore ménager sa jambe malade. Il avait néanmoins réussi à charger ses propres effets, tout comme, la veille, il avait passé plusieurs heures à aider Anna à nettoyer et à empaqueter.

17

Le fidèle compagnon

Dès l'aube, les hommes devaient livrer un rude combat contre les fatigues du chemin et les écorchures dues au poids des hottes. On pouvait lire, dans leurs regards, une expression de surmenage, une demande d'aide muette qui ne disparaissait même plus durant les pauses. La moindre pensée leur coûtait de l'énergie, devenait un effort pénible, un effort supplémentaire que personne ne voulait plus affronter. Aussi le vide régnait-il dans leurs têtes ; ils avaient abandonné leur faculté de penser sur le bord du chemin, de la même façon qu'ils s'étaient délestés de maints objets lourds et inutiles.

Chacun exhalait une odeur forte et âcre, mêlant relents de sueur et autres miasmes, ce qui leur aurait rendu plus pénible encore la marche en colonne s'ils n'avaient depuis longtemps déjà été hors d'état de la percevoir. Ils avaient le visage envahi d'une épaisse barbe broussailleuse abritant des boulettes de terre et de petites feuilles, et leurs cheveux, emmêlés, leur tombaient sur le front, en désordre. Lors de la mise à sac du village, personne n'avait eu l'idée de se munir de peignes.

Les loups ne lâchaient pas prise et les suivaient, comme hypnotisés, avec autant de détermination que les hommes à suivre la corde. Les hurlements se faisaient toujours entendre à la même distance, ne se rapprochant jamais au-delà d'un certain point : quand la colonne se reposait, les loups s'arrêtaient à leur tour ; dès que les hommes avaient repris des forces et se disposaient à repartir, leurs poursuivants faisaient de même.

Vers la fin de la matinée, une montée s'amorça, en pente douce d'abord ; puis le chemin s'éleva sensiblement car la corde escaladait un long versant. Les arbres s'espacèrent, et les hommes arrivèrent sur un sommet rocheux arrondi où ne poussaient que des buissons très bas. Tous mirent la main devant leurs yeux pour se protéger de la lumière qui, n'étant plus tamisée par les feuilles, les agressait ; après toutes ces journées passées dans l'ombre, ils eurent l'impression de se hisser hors d'une fosse sombre et d'émerger à l'air libre. S'asseyant çà et là sur des pierres, ils regardèrent au loin.

Des croupes boisées se succédaient dans toutes les directions, un tissu vert tendre d'éminences et de dépressions qui parfois, imperceptiblement, arrivaient à se confondre et qui, d'autres fois, se séparaient en douceur. À l'horizon, le vert se diluait en un gris vaporeux, les forêts, où l'on ne distinguait aucune forme concrète, fusionnaient avec le bleu pastel du ciel. On ne voyait nul essart pour rompre cette belle uniformité, nul filet de fumée sortant de l'âtre d'une maisonnette isolée et montant vers l'azur en zigzaguant. Quelque part dans l'immensité, un aigle royal décrivait des cercles, fendant les airs comme un poisson fend l'eau. Il semblait non guetter une proie mais simplement prendre plaisir à planer sans effort, à dessiner dans l'espace des figures auxquelles aucun objectif n'assignait de limites.

Les paysans ne disaient mot. La vue d'un ciel libéré de toute entrave, spectacle dont ils avaient si longtemps été privés, leur faisait du bien mais, en même temps, prendre conscience que, depuis tant de jours déjà, ils étaient en route dans cette solitude qui les entourait de toutes parts avait pour eux quelque chose d'irréel, d'angoissant, d'oppressant. Comment avaient-ils pu se risquer si loin dans l'inconnu ? Et où, dans cet océan, dans ce vallonnement infini, se trouvait leur village ? Ils se disaient avec une légère sensation de vertige qu'ils seraient perdus si la corde n'était pas là pour leur indiquer le chemin. C'était uniquement grâce à elle qu'ils n'erraient pas sans fin, impuissants, dans ces forêts. C'était la corde qui les prenait par la main et demeurait sans cesse à leur côté, pareille à un bon compagnon sur qui l'on peut compter, c'était elle qui leur donnait l'assistance et la confiance sans lesquelles ils auraient désespéré.

Cela se produisit l'après-midi. Rencontrant un ruisseau, les hommes s'arrêtèrent pour remplir leurs outres et prendre du repos. Michael s'assit, un peu à l'écart des autres comme souvent désormais, à côté d'un bloc rocheux et étendit les jambes. Distrait, il caressa le sol de la main, arrachant quelques brins d'herbe poussant entre les feuilles à terre, puis il glissa les doigts sous le rocher. Soudain, il poussa un cri, brandissant en l'air une main qu'il regardait aussi fixement que s'il s'agissait d'une monstruosité : un serpent l'avait piqué ! Sautant sur ses pieds, il se mit à tourner en rond, sautillant et gigotant. Puis il courut, traversant le groupe des hommes qui, assis ou allongés, levèrent les yeux vers lui avec effroi. Il franchit le ruisseau d'un bond et, toujours sautillant, continua à courir dans le sous-bois. Déjà, ses gémissements s'éloignaient, sa tignasse blonde et sa veste marron ayant presque disparu dans les broussailles, quand, frappé dans son élan, il s'écroula.

Rauk fut le premier à reprendre ses esprits et à se lancer à sa poursuite ; deux autres le suivirent. Ils trouvèrent Michael recroquevillé, pitoyable, à demi inconscient, le visage ensanglanté, une grosse blessure en travers du front : il avait heurté un arbre de plein fouet. S'agenouillant à côté de lui, Rauk releva sa main où se dessinaient deux points d'un rouge foncé qu'il se mit à sucer bruyamment. Puis il sortit de sa poche un mouchoir et nettoya la plaie du front, opération malaisée, car, à chaque contact, Michael tressaillait et balançait la tête violemment en tous sens, sans cesser de geindre. Les trois hommes finirent par le prendre à bras-le-corps pour le ramener auprès des autres.

Raimund s'occupait déjà du bloc rocheux. Jambes écartées, les talons plantés dans le sol, il l'entourait de ses bras pleins de sueur qui tremblaient sous l'effort, cherchant à le faire rouler de côté. Il serrait les paupières comme sous l'effet de la douleur, ses mâchoires craquaient et crissaient, tandis que, de temps à autre, il s'encourageait en proférant d'une voix gutturale des cris de fureur. Puis le rocher finit par céder et roula sur le côté, écrasant sous sa masse un jeune noisetier.

Sur le bout de terre nue qui apparut au grand jour un serpent était lové : il releva sa fine tête triangulaire ; sa langue frétillait ; il avait le dos ourlé d'une bande de stries vertes et brunes : on aurait dit un joyau posé sur le sol.

Raimund ramassa un bâton et le fit tourner entre ses mains pour s'offrir quelques secondes de plaisir, puis il écrasa le reptile d'un seul coup.

— Voilààà ! Tu as ton compte ! s'écria-t-il en saisissant le serpent par la queue et en le brandissant à bout de bras d'un air de triomphe.

Ses compagnons s'approchèrent. Avec, sur le visage, un mélange de prudence et de curiosité, ils examinèrent le cadavre ballant qu'agitait encore une ultime convulsion électrique. Aucun d'eux n'avait jamais vu un serpent pareil dans les forêts proches de leur village natal. Les rayures du dos dessinaient un motif splendide, d'une grande délicatesse. Elles constituaient en même temps une espèce de message en lettres mystérieuses : les paysans étaient incapables de le déchiffrer, mais chacun d'eux pensa qu'il ne présageait rien de bon pour Michael.

L'un d'eux se gratta la barbe avec trois doigts et suggéra :

— C'est peut-être un serpent à sonnettes.

Les autres le regardèrent du coin de l'œil avec mépris, d'aucuns se laissant aller à sourire méchamment, mais personne n'estima nécessaire de répondre quoi que ce soit : à l'évidence, le paysan avait proféré au petit bonheur la chance la première idée stupide qui lui était venue, afin de ne pas rester sans rien dire devant ce spectacle qui, comme tous ses camarades, l'accablait.

Raimund jeta le cadavre dans les taillis. Thor et Hetzer, déjà sur le qui-vive, bavant et gargouillant de convoitise, tous crocs dehors, bondirent à la recherche de leur proie.

Une heure s'écoula. Les hommes restaient assis dans les feuilles mortes, perplexes et passifs, personne ne sachant que faire dans cette situation nouvelle. Certains, accroupis au bord du ruisseau, entreprirent de laver leurs vêtements couverts de crasse ou de baigner dans l'eau leurs pieds mal en point. Trois autres n'hésitèrent pas à commencer une partie de dés ; toutefois, par égard pour Michael qui gisait là, les yeux clos et haletant, ils se mirent à l'écart derrière un buisson et prirent de surcroît la peine de ne pas parler trop fort.

Rauk eut finalement une idée.

— Les gars, écoutez voir ! Il est temps de *faire* enfin quelque chose. L'après-midi avance, nous ne pouvons attendre ici plus longtemps. Construisons un brancard pour Michael ! Puisqu'il ne peut plus marcher, il faut que nous le portions – nous n'avons pas d'autre solution.

Les hommes émirent leurs murmures et bougonnements habituels tant les propos de Rauk leur paraissaient marqués au coin du bon sens. Mal à l'aise, ils se dirent, naturellement, que l'expédition n'en serait que plus épuisante encore, car le brancard serait un fardeau supplémentaire ; mais ils devaient tout de même bien ça à Michael. Ils éprouvaient aussi du soulagement à voir se révéler inopinément une issue qui mettait fin à une attente de plus en plus lourde et sans objet.

Ils coupèrent aux arbres quelques grosses branches, les lièrent avec des cordes, et tendirent sur cet assemblage une couverture sur laquelle ils déposèrent Michael. La marche pouvait reprendre.

18

L'ATTAQUE

Le silence nocturne était presque total, seul un léger vent se levait de temps en temps, effleurant les branches noires avec autant de précautions que s'il voulait éviter de faire le moindre bruit ; ou bien, quelque part dans l'immensité, ni près ni loin, il y avait un cri d'oiseau. Épuisés, les hommes dormaient d'un sommeil que les rêves ne venaient pas déranger. Michael reposait sur son brancard, près du feu. Sa main mordue avait viré au marron et l'enflure s'était étendue assez loin dans l'avant-bras. De temps à autre, son corps fiévreux était saisi d'une grande agitation, sa respiration s'accélérait encore, sur un rythme haché, et il remuait convulsivement les épaules ; ses paupières collées s'entrouvraient en forme de fente ; il fixait alors obstinément les flammes – mais personne ne s'en apercevait.

Quand ils s'éveillèrent au petit matin, les hommes se sentirent aussi exténués qu'ils l'étaient désormais en permanence, et le seul fait de penser à Michael – idée qui s'insinua aussitôt dans leur esprit – sembla leur enlever sur-le-champ une partie de l'énergie accumulée dans la nuit. Alors qu'ayant terminé leur petit-déjeuner ils préparaient avec des gestes bien rodés leur paquetage afin de reprendre la route, les loups attaquèrent.

Les hommes entendirent d'abord les battements d'ailes d'un geai qui, tout en fuyant à travers les branchages, poussa un cri d'alarme nasillard. Ils perçurent ensuite au loin des espèces de froissements, des craquements étranges, des bruits de bois cassé. Les dogues se mirent à trépigner, leurs mâchoires grandes ouvertes laissant échapper un sifflement. Les hommes virent alors arriver les bêtes, ombres grises parmi les troncs brunâtres : ils sortirent les cognées des hottes, se saisirent des arcs qu'ils avaient sur le dos. Les loups couraient tête baissée, leurs yeux lançant des éclairs blanchâtres au-dessus des gueules béantes. Les hommes décochèrent leurs flèches qui partirent avec un sifflement, au ras du sol. Rauk hurla un ordre : Thor et Hetzer, comme catapultés, se ruèrent à la rencontre des assaillants. Le premier loup surgit des buissons, un coup de hache le frappa en plein poitrail. Ils étaient à présent partout – grognements, hurlements, feuilles volant dans tous les sens ; les hommes brandissaient leurs cognées, entourés de loups qui, poussant des grondements rauques, cherchaient à les mordre aux jambes et aux hanches; Rauk abattait la hache à double tranchant sur les pelages gris; Hetzer et un loup se roulaient dans un tourbillon de feuilles mortes, se prenaient mutuellement à la gorge, se mordaient au ventre; ayant tiré du feu une branche incandescente, Raimund la faisait tournoyer autour de lui comme un fouet de flammes; des loups couverts de sang se tordaient sur le sol, l'un d'eux s'enfuit en gémissant, l'arrière-train totalement déjeté. Les hommes reprirent leur souffle, le dos appuyé contre un arbre. Thor poursuivit à grands bonds la meute en fuite et se rua sur une dernière proie – il y eut à nouveau des bruissements dans les fourrés, des craquements et des bris de branches –, les hommes virent encore au loin des ombres grises se faufiler entre les troncs brunâtres –, puis ce fut le silence.

Affalé au pied d'un arbre, un homme tenait encore, tordues devant sa poitrine, ses mains avec lesquelles il avait tenté de se défendre: un loup l'avait égorgé, tandis qu'un coup de hache perdu l'avait frappé à la tête. Hébétés d'effroi, les autres regardaient devant eux, l'œil vide; tous étaient marqués d'éraflures et d'écorchures, Raimund avait au bras une blessure qui saignait un peu; de minces filets de sang ruisselaient sur le visage d'un autre paysan victime d'une chute, tête la première, dans un roncier – mais, cela mis à part, ils étaient indemnes. Michael, allongé sur son brancard, avait les yeux fermés, il n'avait rien perçu de la mêlée autour de lui et poursuivait son propre combat, qui n'était pas encore terminé.

Huit cadavres de loups gisaient sur le sol et, parmi eux, Hetzer agonisait; imprégné de sang, son pelage avait des reflets sombres dans la lumière du matin. Il était éventré: de l'énorme blessure coulait une masse d'un brun rouge où se mêlaient le foie, l'estomac et des lambeaux d'intestins. Thor sortit des fourrés en courant, épuisé mais sain et sauf; avec un doux glapissement, il laissa son regard glisser sur le corps de son compagnon et, dans un mouvement de désarroi et de fidélité, il pressa son museau contre son cou.

Les hommes commencèrent à émerger de leur torpeur. Quelques-uns sortirent leur outre pour nettoyer à l'eau leurs blessures. Trois d'entre eux s'occupèrent du mort, l'allongèrent sur le sol en enlevant de ses vêtements les feuilles et les lambeaux de mousse. D'autres, passifs à côté d'eux, contemplaient le cadavre comme s'ils s'abandonnaient à des idées noires, mais n'avaient en réalité dans leur tête rien d'autre que le vide. Raimund, que son bras en sang laissait de marbre, s'intéressait aux loups qui, même à l'état de cadavres, les yeux grands ouverts, avaient un aspect effrayant: allant de l'un à l'autre, il leur donnait des coups de pied dans les flancs pour s'assurer qu'ils étaient bien morts.

Rauk s'agenouilla près d'Hetzer et lui gratta doucement la nuque, une des seules parties de son corps qui ne fussent pas souillées de sang. La queue du dogue froissa les feuilles mortes et, de sa gueule qu'il tenait ouverte pour respirer plus facilement, s'échappèrent des gémissements. Quelques minutes s'écoulèrent ainsi, puis Rauk se releva et, poussant une plainte rauque, souleva le dogue d'un effort violent et le chargea sur ses épaules. Passant devant les hommes qui, sans un geste, le regardaient bouche bée (une nouvelle fois, il avait réussi à les plonger dans l'étonnement: jamais ils n'auraient soupçonné en lui une telle force), il s'enfonça dans les taillis. Sur son dos, l'animal geignait doucement, le sang jaillissant des flancs ouverts, au rythme des battements du cœur. Thor voulut suivre son maître, mais un coup de sifflet qui le fit tressaillir comme s'il avait reçu un coup l'arrêta net. Quand Rauk se jugea hors de la vue de ses compagnons, il laissa Hetzer glisser à terre. Il lui gratta de nouveau le pelage avec douceur tout en lui parlant d'un ton encourageant, avec même des accents d'une franche gaieté, comme si tout allait bien se passer maintenant qu'il avait réussi à le porter jusque-là; puis il tira de sa ceinture son long couteau et le lui planta en plein cœur.

À son retour, les paysans étaient assis par terre, les jambes allongées, dans une attitude proche de celle des haltes habituelles. Ils paraissaient attendre, pleins d'incertitude, quelque chose dont ils ne savaient ce que c'était et qui n'arrivait pas. Entendant venir Rauk, ils lui lancèrent des regards vitreux. Raimund était occupé à aiguiser le tranchant de sa hache à l'aide d'un caillou, mais il avait lui aussi les yeux rivés sur Rauk, tenant très haut la hache et le caillou, ce qui lui donnait une posture plus menaçante qu'il ne l'aurait sans doute voulu.

Rauk s'immobilisa au milieu de ses compagnons. Ses clavicules saillantes pointaient sous la chemise trempée de sang qui lui collait à la peau. Son corps raidi était un peu de travers, comme si le fardeau du dogue pesait encore sur ses épaules. Thor s'approcha, remuant obséquieusement la queue, et s'assit à côté de lui ; il sentait qu'il allait y avoir un nouveau discours ou qu'un événement important était imminent, et il prenait la place qui lui revenait en pareille circonstance.

— Les gars ! Ces dernières journées, nous avons fourni de gros efforts et enduré beaucoup de privations. Nous avons dû surmonter de grands dangers et des sacrifices douloureux nous ont été imposés. Et pourtant nous avons toujours eu conscience d'une chose : tout ceci n'est pas vain. Quoi que nous ayons à supporter, nous le supportons pour une grande et digne cause. Nous sommes face à une tâche immense, et chacun de nous le sent bien : pour elle, aucun effort n'est trop grand ; il nous faut endosser ce fardeau et essayer de le porter de notre mieux.

« Les loups ont été l'un des nombreux dangers que nous avons rencontrés sur notre route. Ils nous ont suivis à la trace, inlassablement ; nuit et jour ils nous ont harcelés de leurs hurlements. Aujourd'hui, le combat a eu lieu. Un combat difficile, qui nous a coûté de gros sacrifices et l'un de nous… y a même perdu la vie. Et pourtant, nous sommes sortis vainqueurs de ce combat ! Nous avons tué le plus grand nombre d'entre eux et les quelques-uns qui nous ont échappé se sont dispersés dans la forêt. Ainsi nous a été enlevée une charge qui pesait lourd sur nos épaules. Notre situation est devenue considérablement plus favorable et c'est avec un espoir nouveau que nous pouvons envisager l'avenir. Serrons donc les dents et reprenons notre marche ! Rien ne serait plus erroné que de perdre courage précisément en ce moment – nous devons poursuivre notre route, rester sur les traces de ce grand mystère – jusqu'à ce que nous l'ayons élucidé.

« Si l'un d'entre vous devait nourrir des doutes à ce propos et caresser l'idée de faire demi-tour, je voudrais lui dire ceci : il n'y a pas si longtemps, chacun de nous a eu toute latitude de choisir cette voie. Dès le premier soir, vous vous en souvenez, nous en avons délibéré. Bernhardt et Alfred, usant alors de leur droit légitime, sont retournés au village. Nous, en revanche, sommes restés fermes – comme un seul homme nous avons pris la décision de poursuivre notre marche jusqu'au bout. Et cette décision est aujourd'hui aussi juste qu'elle l'était voici plusieurs jours, nous ne pouvons plus la remettre en question, l'occasion de le faire est derrière nous, nous *devons* nous y tenir !

« Une chose encore, les gars : imaginez un peu à quoi ressemblerait notre retour au village maintenant – revenir bredouilles, sans avoir résolu l'énigme de la corde ! Croyez-vous vraiment que nous pourrions reprendre notre ancienne existence comme si rien ne s'était passé ? Croyez-vous que, jour après jour, semaine après semaine, année après année, nous pourrions voir la corde à la lisière de la forêt et faire comme si cela ne nous concernait pas ? Non, les gars, nous ne le pourrions pas ! La vue de la corde ne nous laisserait plus une seconde de repos, ce serait comme une épine en plein cœur. Nous avons tous pu vérifier de nos propres yeux combien cette corde s'enfonce loin dans la forêt, combien est grand le mystère qui l'entoure – et sans cesse nous devrions nous dire que nous n'avons pas été à la hauteur de ce mystère, que nous n'avons pas eu la force de le lever. Lequel d'entre vous pourrait le supporter ?

« Nous atteindrons notre objectif, les gars ! Et le moment où cela se produira n'est plus tellement éloigné ! Si nous tenons encore le coup un petit peu et rassemblons nos forces, tout n'aura pas été vain au bout du compte. Plus les fatigues que nous endurons et les sacrifices que nous consentons sont grands et plus nous pouvons être assurés que les choses finiront par bien tourner. Je vous le dis : le monde n'est pas mal agencé au point qu'un grand effort de bonne foi comme celui que nous fournissons ne trouve pas sa juste récompense. Il n'y a donc qu'une solution : avancer, avancer ! Jusqu'au but ! »

19

Ce qui est dû à Michael

Les troncs argentés des hêtres et les frênes au délicat feuillage en éventail, tout moucheté de baies, se raréfiaient, remplacés par des ormes que leurs cimes, entremêlées et foisonnantes, rendaient semblables à de gigantesques buissons plongeant la forêt dans la pénombre. Les branches inférieures frôlaient la tête des hommes comme pour leur rendre la marche plus malaisée encore. Les paysans avançaient dans l'obscurité d'un pas traînant, l'un derrière l'autre à la manière des bagnards aux pieds rivés à une chaîne. Michael était toujours couché sur son brancard roulant et tanguant; les porteurs lui avaient étalé sur le corps une couverture qui ne laissait à découvert que le visage où se détachait la blessure, noirâtre et boursouflée.

Depuis la veille, on n'entendait plus les loups. Les hommes en éprouvaient du soulagement, et pourtant ils n'arrivaient pas à se croire en paix. Demeurait en eux l'aiguillon de l'incertitude : avaient-ils réellement réussi à semer leurs poursuivants ? Et, même si tel était le cas, dans ces forêts sans fin, il était sûr qu'il n'y avait pas qu'une seule meute : s'ils continuaient à avancer jour après jour, ils pénétreraient obligatoirement dans un nouveau territoire de chasse, où d'autres fauves ne manqueraient pas de se lancer à leurs trousses…

Les images des loups surgissant des taillis en haletant comme des forcenés restaient vivaces en eux, et il suffisait de peu pour les raviver : les battements d'ailes d'un oiseau s'enfuyant ou les bruissements provoqués dans les buissons par une quelconque bestiole, et les loups, gueule ouverte, passaient comme des flèches devant leurs yeux. En outre, les paysans étaient habités par le souci superstitieux de ne pas se croire trop tôt en sécurité. La prudence leur commandait de ne pas se débarrasser avant l'heure de leurs craintes, de continuer à les traîner avec eux un moment encore dans leur traversée de la forêt : avoir peur des loups leur semblait le moyen le plus sûr de ne plus les rencontrer.

Pour la première fois, son pied bot donnait du fil à retordre à Rauk. En montée surtout, et sur terrain inégal, sa démarche était à présent frappée d'une espèce de gaucherie, d'instabilité, comme un balancement, et, même si sa discipline personnelle – l'inflexibilité avec laquelle il prenait plaisir à s'infliger des souffrances – ne se relâchait pas, il n'était plus en mesure de dissimuler les signes de son épuisement. Il continuait à jouer de la flûte avec une grande constance, mais, là aussi, tout ne se déroulait plus au mieux : un ton nouveau s'insinuait dans son jeu, une note furtive laissant deviner la lassitude et l'usure, une faille dans la volonté et les capacités ; on aurait dit que les airs étaient sur le point d'en avoir assez d'eux-mêmes, de ne plus prendre plaisir à se trouver aussi légers.

Lorsque Michael cessa de respirer et demeura totalement inerte sur son brancard, les paupières entrouvertes laissant apparaître le blanc terne des yeux, personne, dans un premier temps, ne s'en aperçut. C'est seulement au moment de la pause de midi, quand les porteurs déposèrent sur le sol leur charge avec un grand soulagement et que le corps de Michael bascula d'un côté puis de l'autre avec une force inhabituelle, c'est alors seulement que les hommes furent intrigués. Ils ne tardèrent pas à se rassembler autour du brancard, balançant les bras comme des gamins embarrassés ; sur leur visage se peignait un effroi étonné au spectacle de ce qu'ils prévoyaient pourtant depuis belle lurette.

Penché sur Michael, Rauk lui posa la main sur le cœur avec le geste de celui qui entend se montrer un vérificateur consciencieux – geste paraissant au demeurant déjà superflu –, puis il lui recouvrit la tête de la couverture. Sans se redresser, il laissa son regard glisser de l'un à l'autre, conférant à ses traits une expression de tristesse contenue avec dignité, expression dont l'authenticité apparente grandissait de seconde en seconde. Il déclara enfin avec des trémolos dans la voix :

— Michael a affronté son sort avec courage. Les tourments qu'il a dû endurer sont désormais terminés. Peut-être est-ce mieux pour lui.

Un trouble s'empara du groupe, les hommes passant d'un pied sur l'autre et échangeant des regards gênés. Les paroles de Rauk sonnaient faux, des mots rabâchés et hypocrites, une recherche exagérée de l'effet qui leur répugnait. Raimund retroussa les lèvres avec un bruit de succion comme il avait coutume de le faire quand il s'apprêtait à cracher, mais il n'émit qu'une espèce d'ébrouement méprisant et ravala la grande quantité de salive qu'il avait accumulée dans la bouche.

Les hommes creusèrent une fosse pour Michael. Comme la veille déjà, quand ils avaient enterré leur premier mort, le sol était caillouteux et sillonné de racines récalcitrantes ; de plus, ils ne disposaient pas des outils nécessaires, personne n'ayant de pelle dans ses affaires. Mais ils ne se laissèrent pas détourner de leur intention pour autant : œuvrant patiemment, longuement, ils creusèrent le sol à l'aide de bâtons, s'attaquèrent aux racines à coups de hache, déblayèrent la terre à mains nues. Animés par un esprit de défi, ils refusaient que la nature sauvage qui, déjà, exerçait sur eux un pouvoir si grand pût encore avoir le dessus en cette circonstance; à l'idée de ne pas pouvoir rendre à Michael l'ultime hommage qu'on lui devait, ils avaient eu un sursaut qui leur avait redonné leur combativité.

Avant de déposer le cadavre dans la fosse, ils lui ôtèrent ses chaussures, encore fort convenables. Même la veste de Michael, à laquelle il manquait pourtant quelques boutons et qui n'était du reste pas en très bon état, trouva preneur. Certes, les hommes ressentirent un certain dégoût à profiter ainsi des biens d'un mort, mais ils se dirent que nécessité fait loi. Et puis, à quoi servirait de laisser la veste et les chaussures pourrir sur le cadavre ?

Toujours est-il qu'ils s'efforcèrent d'écourter l'opération. Ayant vidé sans autre forme de procès la hotte de Michael sur le sol, ils se partagèrent ce qui, tout en n'étant pas trop lourd à porter, présentait une quelconque utilité et abandonnèrent le reste par terre. Ce n'est qu'au sujet d'un miroir à main en laiton que se produisit une brève altercation. Beau bibelot provenant probablement du village abandonné de ses habitants, il était sans aucun doute l'œuvre d'un habile artisan d'art, un véritable bijou qui constituerait un parfait petit cadeau pour les femmes restées au foyer. Passant de main en main, il fut l'objet d'un examen admiratif et minutieux. Il ne se trouva pas moins de cinq hommes pour vouloir se l'attribuer, chacun prenant un air pincé pour bien signifier aux autres qu'il ne serait pas aisé de l'amener à renoncer à ses droits. Une vive discussion s'ensuivit et les paysans s'interpellèrent haut et fort, alors que le défunt gisait encore à leurs pieds. La dispute ne cessa qu'après la proposition de Rauk de jouer le miroir aux dés.

20

ENCORE UNE DÉCOUVERTE

L'après-midi, absorbés par leur marche, les hommes entendirent soudain un bruit inquiétant : Rauk avait poussé un cri, un son bizarre émis d'une voix gutturale, un mot indistinct. On aurait dit l'un des ordres qu'il lançait à ses dogues, mais cela n'avait pu être le cas en cet instant. Tous levèrent les yeux en direction de la tête de la colonne. Rauk montrait le sol devant lui de sa main tendue, il devait avoir trouvé quelque chose, une découverte surprenante, peut-être dangereuse… Ils vinrent à sa hauteur. À ses pieds, peu visible dans la faible lumière parvenant à couler entre les branches, une seconde corde coupait en biais la première. Elles formaient à elles deux un X.

Stupéfaits, la mâchoire plus ou moins pendante, les hommes se pressaient autour des deux cordes. Certains s'agenouillèrent et se mirent même à quatre pattes pour considérer de plus près le X, le toucher du bout des doigts; quelqu'un souleva la seconde corde, l'enroula autour de sa main comme s'il avait l'intention de tirer dessus, mais il la laissa retomber. Les deux cordes ne différaient guère l'une de l'autre : tout au plus la seconde était-elle un peu plus grosse, tressée avec des brins plus épais, mais c'était à s'y méprendre. Dans l'incapacité de comprendre pourquoi la colonne avait stoppé, désorienté aussi par le cri poussé par son maître, Thor passait de l'un à l'autre en gémissant, la queue entre les pattes arrière.

Au bout d'un moment, Rauk parvint à surmonter la stupéfaction qui le paralysait. Il enleva son sac de son épaule et l'accrocha à une branche.

— Attendez-moi ici, dit-il. Je serai de retour dans un instant, les gars. Ça ne durera pas longtemps.

Il était incapable de contrôler ses yeux; sans arrêt, il regardait nerveusement autour de lui, sans but précis, semblant chercher quelque chose qui ne se montrait pas. D'un signe, il ordonna à Thor de le suivre, puis il se fraya un chemin dans les taillis, le long de la seconde corde.

Quand il revint, au bout d'un quart d'heure, ses compagnons, qui brûlaient d'impatience, tournèrent la tête dans sa direction. Entre-temps, ils s'étaient contentés de déposer leurs hottes et de déambuler entre les arbres, à la fois las et nerveux. Rauk traînait péniblement, comme jamais encore, son pied difforme. À chaque pas, sa chaussure monstrueuse repoussait devant elle un petit tas de feuilles mortes. S'immobilisant à une petite distance de ses compagnons, comme s'il avait peur de s'approcher trop près, il laissa glisser les doigts par-dessus la ceinture de son pantalon, dans un geste d'embarras qu'il ne se serait auparavant jamais autorisé.

— La corde court encore très loin, les gars. Je… n'ai pas pu en voir la fin. Mais à présent, au crépuscule, il est d'ailleurs… difficile de la suivre – on la perd facilement de vue.

Battant des paupières, il regarda d'abord fixement devant lui, avant de tomber brusquement dans une absence qui, apparemment, le transporta très loin des hommes qui, appuyés contre les troncs, ne le lâchaient pas des yeux. Soudain, il secoua la tête à la manière de celui qui essaie de chasser une idée insupportable.

— Les gars, il est déjà très tard. Nous avons aujourd'hui effectué un long trajet. Établissons notre campement, ce sera le mieux. Demain matin, quand nous… quand nous aurons récupéré des forces nouvelles, nous aviserons.

— Demain matin, nous allons aviser ? Il ne te vient rien d'autre à l'esprit, espèce d'ordure ?

Assis par terre, Raimund avait enlevé une de ses chaussures pour se gratter une ampoule au talon.

— Dis-nous donc plutôt ce que nous devons faire à présent ! cria-t-il. Hier, tu nous disais : nous y sommes bientôt – il n'y en a plus pour longtemps. Et maintenant ? Hein ?

Rauk leva les deux mains en un geste d'apaisement et, cherchant à donner à sa voix, où se percevait un tremblement, son habituelle et franche sonorité, il répondit :

— Oui, tu n'as pas tort, Raimund. Hier matin, après l'attaque des loups, nous avons tenu conseil à propos de ce que nous devions faire et nous sommes tous tombés d'accord pour…

— Nom de Dieu, maintenant, y en a assez !

Raimund se leva d'un bond si soudain et si brutal que ses compagnons, effrayés, reculèrent d'un pas. Il fit tournoyer ses poings serrés devant sa poitrine nue.

— Est-ce qu'on va encore devoir continuer à avancer ? Marcher et encore marcher ? Jusqu'à ce qu'on n'en puisse plus ? Et *dans quelle direction marcher ? Dans quelle direction ?* Dis-le-nous donc un peu !

Malgré la pénombre régnant dans la forêt, on voyait son visage écarlate. La cicatrice de son front, boursouflée, donnait l'impression d'être si grosse qu'elle pourrait à tout instant éclater si quoi que ce soit venait à la piquer.

— Il y a maintenant deux cordes ! Là, à tes pieds – *deux* ! Faut-il aller à droite ? Ou à gauche ? Ou bien tout droit ? Vas-y, parle, dis-le ! Tu n'as pourtant pas ta langue dans ta poche, d'ordinaire !

Thor, qui pendant ce temps traînaillait dans les sous-bois à la recherche de nourriture, survint à grands bonds, freina des quatre pattes et glissa, ce qui souleva un tourbillon de feuilles au milieu des hommes rassemblés. Puis il se planta entre Raimund et son maître. Ses babines se retroussèrent, découvrant ses crocs, sa gorge émit un grondement qui, pour contenu et maîtrisé qu'il fût, était à tout instant susceptible de s'amplifier.

Rauk lui tapota la tête et le caressa pour le remercier d'être accouru aussi rapidement et fidèlement à son secours. Il rassembla ensuite toutes ses forces pour se calmer un peu et chercha à se rappeler les armes dont il disposait :

— Écoute, Raimund. Je ne comprends pas pourquoi tu es aussi furieux. Si, par hasard, c'est moi qui en suis la cause, je te prie de m'en indiquer la raison. À moins que ta fureur ne s'adresse pas du tout à moi mais à la corde ? Dans ce cas, pourquoi est-ce à moi que tu t'en prends aussi rudement ?

Raimund regarda tour à tour Thor, à qui les yeux sortaient de la tête comme deux boules noires et brillantes, et le visage couleur de cendre de Rauk. Peinant à retrouver sa respiration, il se demanda ce qu'il pourrait bien répondre. Il eut beau se torturer l'esprit pour trouver une riposte, il n'aboutit à rien, en dehors d'un « je te le dis… je te le dis… espèce de… ». Rauk attrapa Thor par le cou et l'écarta un peu afin de mettre une certaine distance entre sa gueule baveuse et les poings de Raimund.

— Bon d'accord, comme tu voudras, Raimund. Restons-en là pour le moment, nous en reparlerons peut-être plus tard.

Sa voix se raffermissait déjà, il retrouvait son sang-froid. D'un geste furtif, il rajusta la courroie à laquelle était accrochée la hache à double tranchant et se redressa autant qu'il le put.

— Les gars, je vais réfléchir à ce que signifie cette seconde corde. La nuit porte conseil. Mettons à présent un terme à cette journée; cela fait déjà assez longtemps que nous sommes debout. Demain matin, nous y verrons plus clair !

21

UN PETIT TAS DE TERRE SUR LA POITRINE

Le matin, les hommes trouvèrent Rauk mort sous sa couverture. Le bout de la langue sortait de ses lèvres ouvertes et l'on distinguait sur son cou des marques rougeâtres : il avait dû être étranglé. Les yeux écarquillés, malgré la fixité de la mort, avaient conservé leur expression tranchante ; c'était le regard avec lequel il avait affronté son assassin dans une ultime rébellion de l'esprit, regard qui s'était maintenu une fois les limites de la vie franchies. Thor était allongé de tout son long, donnant l'impression de prendre ses aises, sur un lit de feuillages, l'une des pattes avant posée sur le sac de son maître qu'il avait l'habitude de garder la nuit – mais l'image paisible était trompeuse ; un coup de hache lui avait ouvert le crâne.

Plusieurs minutes passèrent avant que les hommes, dans leur émoi, remarquent l'absence de Raimund. La couche qu'il avait confectionnée, la veille au soir, était vide, sa hotte avait disparu. L'un des paysans qui avaient monté la garde la nuit se rappela que Raimund l'avait relevé au petit matin, à l'heure où le jour pointait et où tout le monde dormait encore. Les hommes imaginèrent la suite : sans le moindre bruit, Raimund avait réussi à tuer Rauk et Thor au beau milieu d'un groupe plongé dans le sommeil avant de s'enfuir, sans doute en direction du village.

Ils tentèrent de dominer leur émoi en arpentant le sous-bois environnant, comme en quête de quelque chose. Certains restaient accroupis, car ils ne se sentaient pas bien : ils avaient encore le ventre vide et étaient horrifiés au point d'en avoir le vertige.

Ils finirent néanmoins par se ressaisir. Sans que quelqu'un eût donné le moindre signal dans ce sens, ils se regroupèrent autour du X devant lequel ils s'étaient si brutalement arrêtés la veille, aussi soudainement que s'ils s'étaient heurtés à un mur surgi du sol. Il n'y eut alors pas besoin de beaucoup parler, tout semblait d'un seul coup simple, à portée de main, à croire qu'ils en avaient déjà souvent discuté en secret :

— Rentrons !

— Oui, parfaitement. Il y en a assez !

— Pas un pas de plus ! Ça fait assez longtemps qu'on marche.

— Nous avons été pris de folie. Nous avons perdu la tête.

— Et à qui la faute ? Je vous le demande – à Rauk !

— Exact – à Rauk. À ce salopard. À personne d'autre. C'est lui qui nous a entraînés !

— Il nous a roulés dans la farine ! Nous pourrions être chez nous depuis longtemps. Avec nos femmes !

— C'est vrai, tu as raison !

Et cela dura encore un petit moment.

Tous étaient impatients et nerveux en regagnant leur emplacement dans le camp, personne n'étant disposé à discuter et à hésiter plus longtemps, à perdre un seul instant supplémentaire. Il leur était maintenant aussi impossible de continuer de l'avant qu'il leur avait été précédemment impossible de se résoudre à faire demi-tour : l'acte qui, des jours durant, avait été au-dessus de leurs forces s'effectuait maintenant de lui-même. Ils savaient que le trajet qu'ils avaient à présent devant eux serait long et périlleux, mais ils n'en étaient pas moins emplis d'une assurance aveugle. Personne n'accorda plus le moindre regard ou la moindre pensée aux deux cordes, qui gisaient à terre comme une affaire classée.

Une fois prêts pour le départ, ils se tournèrent une fois encore vers la victime du meurtre. L'un d'eux, d'un geste qui avait déjà les apparences de la routine, secoua vigoureusement le sac de Rauk pour le vider. Deux ou trois objets d'une certaine utilité furent répartis sans querelle. Quelqu'un retira au mort sa veste, qui était dans un état encore acceptable. La chaussure que Rauk portait à son pied normal ne fut pas dédaignée elle non plus ; l'autre, en revanche, demeura sur le cadavre.

C'est seulement à cet instant que les paysans s'aperçurent que la hache à double tranchant avait disparu. Raimund devait l'avoir emportée dans sa fuite, peut-être après s'en être servi pour tuer Thor dans son sommeil. Cette découverte mit les compagnons de mauvaise humeur : la hache était un objet particulièrement beau, sans doute le bien le plus précieux ayant appartenu à Rauk – plus intéressant encore que le miroir en laiton de Michael. Ils auraient bien aimé se l'approprier et ils en voulurent à Raimund de leur avoir soufflé sous le nez ce qui avait le plus de valeur. Au cas où ils le reverraient, ils lui demanderaient des comptes.

Personne ne songea à creuser une tombe pour le défunt – le temps manquait désormais pour ce genre d'opérations longues et compliquées. Tous se rappelaient encore très bien combien la lutte contre la terre sèche et truffée de racines avait été harassante ; et, d'ailleurs, Rauk méritait-il qu'on se donnât autant de peine pour lui ?

Pour au moins s'acquitter du minimum que la décence exigeait, l'un des paysans ferma les paupières du mort ; un autre ramassa un peu de terre et quelques feuilles et les dissémina sur sa poitrine. Puis la colonne se mit en marche.

Table

Première partie

Deuxième partie

Troisième partie

Cet ouvrage a été composé
par Atlant'Communication

Impression réalisée par
CPI France
en décembre 2015
pour le compte des Éditions Archipoche

Imprimé en France
N° d'édition : 386
N° d'impression : 3014358
Dépôt légal : janvier 2016